虚空の戦列

―黙示録を追って―

上羽清文
UEBA Kiyofumi

文芸社

この物語はフィクションであり、
実在の人物や団体などとは関係ありません。

目次「虚空の戦列」

第一部　新月の夜に

1

戸外は強い雨が降り続いていた。春とはいえ、中国と北朝鮮の国境地帯はまだ寒い。

ドアをノックする音と同時に、レインコートを着た二人の男性がザワザワと音を立てて転がり込んできた。そのうちの一人がレインコートのフードを取ると、その下はパーマのかかった長い黒髪で、雨を振り払うと共にその豊かな黒髪がふわっと広がった。二人の男性と思われたうちの一人は、女性だった。

「今晩は。NPO法人『ネイバーズ・エイド（NA）』の田原弥生と言います」

目鼻立ちの整った女性は笑みを浮かべ、はっきりした声で挨拶をした。背丈は女性にしては高く、一七〇センチメートルはあるだろう。引き締まった身体の女性だ。

室内には男性が数名いた。

「よくいらっしゃいました。私は太田です。国際原子力機関（IAEA）の査察官をしています」

「NPO法人『ネイバーズ・エイド』の赤井です」

もう一人も、言葉少なく自己紹介した。一九〇センチメートルはある大男だった。

「さあ、ではお座りください。雨の中大変だったでしょう」

建物はプレハブ作りで、工事現場の事務所のように殺風景な部屋だった。

「田原さんは、ここまでどのようにして来られましたか？」

「私達の支部が中国のホテルに置かれています。そこから車で来ました。太田さんは？」

「私達は鉄道を使ってこの町までやって来ました。私達も同じようにホテルを拠点にしています」


彼らがここに集まったのは、北朝鮮情勢が切迫していることによる。

三月に、北朝鮮から突然日本に向けて四発のミサイルが発射された。発射の実験ではなく、明らかに日本の首都や都市に向けたものだった。その時、北朝鮮は内紛状態にあった。最高指導者である総書記の消息が再びわからなくなり、平壌《ピョンヤン》に軍隊が集結していった。米軍は軍事衛星によってその異変に気づき、同盟国に警戒の情報を流した。

すぐに総書記の妹が、その跡を継いだとの声明が出た。総書記が何らかの理由で権力の座を降りたのだ。病気が重症化したのか、失政の責任を取り失脚したのか、理由は明かされていなかった。

声明が出ても、平壌を包囲し対峙していた軍隊は後退しなかった。主席の妹の声明にもかかわらず、明らかに最高権力者に逆らうかのような行動だった。すぐに平壌で戦闘が始まった。その頃、北朝鮮は国連による経済制裁と、失政、甚大な災害で、国民の窮乏化が進んでいたため、ついに国家の騒乱となったのである。地方でも軍隊が二派に分かれて争っていた。

その混乱の中で、四発のミサイルが日本に発射されたのだった。四発のミサイルは、日本の防御網によって撃ち落とされ、日本海上に消えた。ミサイルに核弾頭が搭載されていたかどうかはわからなかった。日朝と米朝の関係が一挙に険悪になった。米国が核兵器を北朝鮮に使用するのか、北朝鮮を空爆するのか、緊張が高まった時に、中国から北朝鮮に介入しないようにという要請と交渉の呼びかけがなされた。

米軍と韓国軍は北朝鮮と韓国の国境線に集結し、国境沿いに展開した。だが中国は、血の同盟を結んだ北朝鮮に米国が侵入することを嫌い、強硬に拒んだ。中国にとって北朝鮮が自国と韓国の間にあることは、韓国と米国の軍事力の圧力を直接受けることのない都合の良い状態なのである。中国と米国では体制が大きく違い、常に軍事的対立の危険を孕んでいる。

北朝鮮では金日成《キム・イルソン》総書記の建国以来、国内に対立と内紛が起こることはなかった。

しかし、今明らかに北朝鮮に内紛が起こり、周囲の国々に緊張が走っている。複雑な国際情勢の中で、それぞれの国に思惑があった。

　北朝鮮内で何日も戦闘が展開されると、戦火に追われて国内を避難民が移動し、さらに国に見切りをつけ、国外に逃れようとする人々が国境線に移動していった。避難民が同一民族の南の韓国に行くなら韓国は迎える用意があるのだが、国境線は北朝鮮軍によって堅く封鎖されていた。もし韓国との国境が開かれれば、北朝鮮国民の流出が続き、北朝鮮の痛手は大きいだろう。

　一方中国との国境については、同じ社会主義国として結びつきがあり、中国内にも朝鮮族が住んでいることから、これまでも流出入はあった。もちろん中国軍が国境を管理しているが、北朝鮮から国外に逃れるのにはまだ望みがある。ただ、中国は難民が流入することを歓迎しない。急激な人口の増加は中国東北部の経済に打撃を与え、経済が急速に悪化、破綻しかねないからだ。


　太田が田原に言った。

「私が中朝国境にいるのは、内戦状態の北朝鮮にあって、国内の核兵器、核爆弾を管理するためです。北朝鮮には、今や大量の核兵器や核物質があると考えられます。今の騒乱状態の中にあって、厳重な管理と保守が必要です。核爆弾や核物質が誰かの手に渡ったら、大変なことです。『世界終末時計』が一挙に進むのではありませんか。

ここには私の仲間が二人来ています。国際的な機関ですから、国際的な顔ぶれです。私達は北朝鮮に入れるならすぐに入り核施設に行き、そこを封鎖し、核物質を管理したいのです」

「それで、私達『ネイバーズ・エイド』に連絡を取ってこられたのはなぜですか？」

「田原さん、あなたのNPO法人『ネイバーズ・エイド』は、難民救済を目的とする団体ですね」

「そうです。といっても、一般には名が知られていないでしょう。海外での実績はまだありませんので。私達『ネイバーズ・エイド』はただ一点のために活動し、有事が起こった時の準備を続けてきました。その一点とは、北朝鮮の過酷な体制が崩壊して、大量の難民が発生した時、日本が受け入れるということです。これは『ネイバーズ・エイド』代表の服部氏の考えです。『ネイバーズ・エイド』は、人に知られないように受け入れのコネクションを作ってきています。そしてとうとう、その努力が実を結び、役に立つ時がこようとしているのです。思い返せば、服部氏の慧眼は素晴らしく、先を見通す力を持っているのです」

太田は、田原の話を聞いて、弥生と赤井を代わる代わるじっと見つめた。弥生も意識を集中して、じっと太田を見つめ返した。太田は端正な顔立ちだが、その顔には何の表情も浮かんでいなかったし、もともと感情を顔に表すタイプの男ではないのだろう。

「私達には、人の管理までできません。核技術者は北朝鮮人です。核施設に留まっているのか、それともよそへ移動するのかもわからない。けれども彼らのような熟練した技術者こそ重要な存在で、世界の国々の核開発に用いられれば、大きな影響を与え、核戦争の脅威を増やすかもしれない。その危険性がある。

さて、北朝鮮の体制が崩壊するなら、核開発もストップし、核兵器開発と逆方向に、非核化されるかもしれない。中国はそれを望むでしょう。自国と隣接する国に核兵器はいりません。米国に比べて、中国の意向が北朝鮮には大きく影響します」

太田の話は長い。弥生が苛立ちをかすかに見せたが、それでもその顔には笑みを浮かべ、目をキラキラと輝かせ話を聞いていた。

「すみません。話が長くなり、言わずもがなのことを言ってしまいました。田原さん、あなたは人を扱う仕事をしているといってよいでしょう。今ね、あなた方に難民を助けてくれと言ったら、できるでしょうか。……実はある男が、日本に亡命を求めているのです。

その男は、北朝鮮の核技術者で、ご多分にもれず超がつく優秀さで北朝鮮の核開発を担ってここまできました。ところが、この男は今、イランから引き抜かれようとしている。ヘッドハンティングですな。いやその男だけではなく、六人ほどの核技術者に声がかかり、強制的に中東のイランに連れ去られようとしている。北朝鮮と中東のイランとの取引です。中国は北朝鮮を支援すると言っている。もちろん、その見返りは中国にもあることでしょう。米国に対抗意識を燃やし、もう一方の軸の核開発を進めようとしているのです」

「いや、わかりました。けれどそのことと私達は、どのように……?」

その男は、在日朝鮮人の三世で、在日朝鮮人の北朝鮮への帰還事業で母国に帰った世代の孫に当たります。その彼がある人を介して私達に連絡し接触しようとしてきたのです。

彼は難民になり、日本に渡りたいと言うのです。こんな状態ですから普通なら可能だと思うのですが、彼には北朝鮮の足かせがかかっています。核技術者として中東のイランに派遣され、そこで働かされようとしている。北朝鮮の国民は、最高権力者の望むことならそれに無条件に応えることが光栄で、全てを犠牲にして献身するという姿勢が徹底しています。

その彼を、この意識とがんじがらめの体制から救い出すのは容易ではありません。その機会は北朝鮮が騒乱状態の今しかないのです。核技術者がイランに向けて北朝鮮を脱出しようとする今、彼を救出して日本に連れ出すのです。といっても、私個人にそんな力はありませんし、組織本来の仕事とは違います」

太田は緊張した顔をあらぬ方向に向けていた。弥生は、太田の次の言葉を待った。夜である。稲妻が小屋の窓を光らせ、遠くにガラガラと雷の音が聞こえた。

「田原さん、あなたのＮＰＯでこの男を救出する支援をしてくださいませんか」

弥生は太田にこう言われて、言葉を失った。もともと「ネイバーズ・エイド」は、北朝鮮からの脱出者を救うために立ち上げた組織である。この太田のあまりに政治的な申し出に、弥生は返事ができなかった。

太田は続けた。

「私達も北朝鮮国内の情報網から、彼らの脱出の意向については掴んでいます。ただ私達は国境を越える手立てを持っていません。鉄道は物資輸送に限られているので、鉄道で脱出するのは難しいでしょう。それに敵対する勢力が妨害することも考えられます。

中朝国境は、脱北者が国を出ていくので、専門の業者も暗躍していると聞きます。田原さん、そこをあなた方に担っていただき、交渉し、脱出ルートを開拓していただきたいのです」

弥生にしても、脱出する難民は全て助けたい。太田についていては共通の友人もあり、信頼関係はあった。弥生と太田はそのような関係だった。しかし、国家にとって重要な核技術者の救出など、まだ誰もやったことがない。果たして太田の仕事の一翼を担うべきなのか、弥生は迷っていた。

室内の他の誰も言葉を発しない。弥生の相方の赤井も何も言わず、そっぽを向いて壁を見つめている。沈黙の時が過ぎていった。

「田原さん、どうでしょうか？」

「ＮＰＯの代表と相談させていただきます」

「わかりました。それが妥当ですね。良い返事をお待ちしています。今日は突然呼び出して失礼いたしました。気をつけてお帰りください」

弥生はにっこり笑って会釈を返した。が、その顔は緊張していて、頭の中で思考が渦巻き、走り巡っていることがわかった。弥生に続き赤井も出ていったが、軽く会釈したあとは無表情だった。

太田と共にいた男達は日本人だけではなかった。組織が国際的だからである。男達も考えがあるのだろうが、特に声を上げ意見を言う者はいなかった。

「雷が鳴ったら天気が変わり、暖かくなるぞ」

まだ雷は、間隔をあけて、繰り返し遠くで鳴り響いていた。

2

中朝国境をまたいで鉄道が走っている。時々列車が鉄橋を渡る。中国と北朝鮮の間を人々が移動しているが、それは国境地帯に押し寄せる人に比べればわずかな数にすぎない。この川を渡れば、そして国境を越えれば、解放され希望が見える。というのは、北朝鮮が騒乱状態で、誰が誰なのかわからない中で、政府軍と反対勢力が各地で戦っているので、その戦乱から逃れることができるからだ。

多くの北朝鮮人が、この国境を流れる小さな川を渡って逃れた。この川の北朝鮮側には今、国内の戦乱から逃れて国外に逃げ出そうとする多くの人が集まってきて、林や薮の中に隠れている。北朝鮮側の岸の堤には、ちらほらと北朝鮮兵の姿が見られるが、政情が安定しないので、警備兵も気がそぞろなようで活気がない。

一方、中国の国境では、中国兵が厳重に警備に当たっている。中国側にも朝鮮族がいるのだが、騒乱で大量の避難民が中国側に流れ込むことを、中国は望まない。それでなくても経済状態が悪いのに、大量の避難民が流入するなら、地方の経済はいっぺんに逼迫してしまうのである。中国の東北地方には多くの難民を受け入れる余裕はない。この地の長い歴史の中で増え続けた人口が大きな圧力となり、地域の生活と経済にのしかかっている。また、隣国ロシアのシベリア地方でも、中国の膨張する人口の圧力が脅威となっている。北朝鮮の崩壊は中朝のバランスを崩し、歴史的な大事件となる。

太田は同僚と四輪駆動車の中から、国境の川越しに北朝鮮の領土を眺めていた。林や薮にも人の気配が感じられる。後方に続く林の所々に、人の残したゴミが多く見られる。

「あの薮だが、カモフラージュされた木の間から人の顔が見えているぞ」

双眼鏡で眺めていた同僚が言った。太田も同僚の指差す方向に双眼鏡を向けると、確かに、カモフラージュして黒い顔の男が木の葉の間からわずかに見えた。

「あの林の大きさから言うと、相当多くの北朝鮮人が集結してきて隠れているのではないか」

薮も林も、何とはない風景だが、逃げようとする人が、人、人の群れとなり、林や薮が膨れ上がっているように見えた。

「あそこを見てくれ」

同僚が言うので、太田はその方向に双眼鏡を向けた。薮の前のほうを詳しく見ていると一カ所気にかかる所があった。茂った葉の間から、深い緑色の切っ先がやはり、わずかに見えた。平たい板のように見えたのだが詳しくはわからない。だが少しずつ太田には思い当たってきた。

「ボートか？　夜の闇に乗じて、ボートを使って渡るつもりか」

太田にはボートが一艘だけとは思われなかった。逃亡してきた人達は時を決めて、一斉に国境の川を渡るのではないだろうか。それだけの人が渡ると、北朝鮮の兵士も制止できないだろうし、中国の警備隊も止められないだろう。

「他に何か見つからないか？」

「太田さん、あそこにも見えますよ」

もう一人の同僚が何かを見つけて指差した。暗い林の中の木の葉の間から、こちら側を見ている双眼鏡が見えた。

「やはり相当いるな」

「決行の日のXデーに一斉に川を渡るのでしょうか？」

「逃亡者達は統率が取れているのか？」

「いや、それは無理でしょう。この時とばかりに、皆が一斉に動きだすのです。それがいつかは誰にも言えないでしょう」

太田はしばらく眺めていた。

「では、引き上げるか」

太田達がいる場所が中国側とはいえ、長く留まるのは人目につき危険である。太田達ＩＡＥＡのメンバーは、拠点のアパートに引き上げることにした。

太田が車の中から窓外を見ていると、平屋の家が続いていて、人々が行き交っていた。街は騒然としていて、軍用車が時に行き来していた。街に近づくと、中国人でない男も目につくようになった。中国国内でもここは国境沿いの街なので、騒乱が始まってからは外国人も集まってきているようである。目につく外国人は恐れを知らないジャーナリスト、マスコミの人達かもしれないが、本当にそうなのかはわからない。

太田と田原、そして赤井が話をしてから二、三日して、田原から承諾の返事が太田のところに届いた。太田達が拠点としているアパートの部屋に戻ると、田原と赤井が訪ねてきた。

太田が中朝国境に行ってきたことを告げると、田原が答えた。

「中朝国境をいつ避難民が越えるか、Ｘデーは近いと思われます。とにかく、中朝国境に人が押し寄せてきています。住んでいる所がいったん戦場になると何もかも破壊され、命の保証はありません。ですから、北朝鮮もシリアのように、避難民が国外へ大量に逃げていくのでしょうか？」

「北朝鮮は長引く経済封鎖で国民の生活が破壊されました。軍事費の国民生活への圧迫も強いでしょうし、一部のエリートと一般国民との格差も大きいでしょう。北朝鮮の経済は、いつ崩壊してもおかしくないのではありませんか？」

「北朝鮮から大量に避難民が出たら、東アジアの情勢は流動的で大きな危機となるでしょうね。こういう時こそ、私達ＮＰＯの出番です。シリアからの難民を、ヨーロッパとアメリカは受け入れました。北朝鮮からの難民は東アジアの安定のために、日本が積極的に受け入れなければならないでしょう」

「確かにそうです。シリア内戦の時は、日本は遠く離れているので、難民を受け入れることはできませんでした。その時、東アジアで内乱が起こり、難民が発生した時は日本が受け入れなければならないと言われていました。この東アジアとは北朝鮮を指していると考えられるのです」

　こうして、二人の話は北朝鮮から中国に逃げた避難民をどうするかという話になってきた。

「避難民の救出に中国が積極的でないとするなら、こちらでしないといけません」

　弥生は言った。

「私達は以前から避難民の救出と他国への出国を助けるために、北朝鮮からの脱出者を助けているブローカーにも当たっています。今回もまず、このブローカーに当たってみようと思うのです」

この件について、太田は組織から支援を受ける了解を取っていた。太田は弥生にそのブローカーを紹介してもらうことにした。

「彼らも法律とギリギリのところで活動していて、中国当局の目を恐れています。これからブローカーを選び交渉しますので、しばらく待ってください」

二人は部屋を出ていった。弥生は外がぬかるんでいるからだろう、黒の長いブーツを履いていた。日本人にしては平均より背が高い。出ていく後ろ姿を見ていると、肩がいかっていて、肩の筋肉が盛り上がり、男性とも見紛うばかりだった。スポーツで鍛えたのだろうが、頑健で今の仕事には打ってつけかもしれない。弥生は身体が頑健なだけではない。聡明で、いつも陽気な雰囲気を漂わせている。

弥生に続いて赤井も部屋を出ていった。こちらはあまりしゃべらない。弥生が全て話すので、赤井はその陰で目を光らせて、弥生をサポートしているのだ。赤井も毛皮のコートを着込んで、見るからに暖かい服装をしていた。

太田は今の話を受けて、同僚達と机を囲み会議を始めた。北朝鮮人救出の具体的な手段は、弥生の交渉によりブローカーが決まり次第、考えていく必要がある。救出する男性は趙《チョ》という名前だ。趙は太田達のいる場所のほんの傍まで来ているようだ。とはいえ、核技術者の集団なので彼らの所在は極秘事項であり、とりわけ外国の勢力に知られてはならない。

太田は中朝国境にまでやって来ていて、拠点を持っている点では、世界の他の同僚より優位な立場にあると言える。

趙を中国から日本に出国させるルートは、どのようにすればよいのか。北朝鮮の核技術者が途中から任務を外れるのだから、利害関係のある外国からの妨害が入り、その企ては水泡に帰すかもしれない。他の国々の思惑を考えると、味方を探すのも難しいかもしれない。太田の同僚達は優秀で、的確な意見をこの会議で述べた。

それにしても、趙もそこまで来ているし、北朝鮮の情勢も時々刻々と動いているので、救出のための時間も少なく、事態は切迫していた。

同僚達との会議を終えた太田は、自分の部屋に戻り眠りについた。

——太田は高い山の頂に立っていた。はるか向こうには、大きな都が見えていた。その歴史ある街は山の上にあり、美しい街並みが見えていた。と、一瞬にして景色が変わり、その都は燃え上がり、赤く染まっていた。太田はその光景を見て、来たるべきことが起こり、自分の仕事は間に合わなかったのかと思った。ゴーゴーと音を立てて都が燃え上がる音が、離れた場所であるのに聞こえてくるようだった。また都に住む人々の苦しみと叫び、嘆きの声がわき起こってくるようだった。

ここまで事態が進めば、もう人には何もできない。聖書に書かれた終わりの日がやって来て、人は、このことが起こることを信じなかった自分の愚かさを悔やみ、これから起こることを恐れ、自分にはもはや何もできず、神の審判を待つしかないことを悔やむのである――

窓の外のざわめきに太田は目を覚ました。ああ、恐ろしい夢を見ていた。しかし、太田はこの夢をよく見るのである。太田は愛読する聖書を開き、気にかかる箇所を読んだ。

こう主張する彼らは、次のことを見落としています。天は大昔からあり、地は神のことばによって、水から出て、水を通して成ったのであり、そのみことばのゆえに、当時の世界は水におおわれて滅びました。
しかし、今ある天と地は、同じみことばによって、火で焼かれるために取っておかれ、不敬虔な者たちのさばきと滅びの日まで保たれているのです。
（ペテロ第二の手紙／三章五～七節）

しかし、主の日は盗人のようにやって来ます。その日、天は大きな響きを立てて消え去り、天の万象は焼けて崩れ去り、地と地にある働きはなくなってしまいます。

　このように、これらすべてのものが崩れ去るのだとすれば、あなたがたは、どれほど聖なる敬虔な生き方をしなければならないことでしょう。

　そのようにして、神の日が来るのを待ち望み、到来を早めなければなりません。その日の到来によって、天は燃え崩れ、天の万象は焼け溶けてしまいます。

　しかし私たちは、神の約束にしたがって、義の宿る新しい天と新しい地を待ち望んでいます。

（同書／三章十～十三節）


この世界が火で滅びるとは、核戦争による世界の終わりを表している。

大国が核兵器を開発し、東西冷戦で核兵器開発の競争が進み、世界は地球を何十回何百回と破壊するだけの核兵器を所有するようになった。大国の指導者はその危険性とあまりの愚かさに、核軍縮の方向に舵を切った。旧ソ連が崩壊し核軍縮は進んだが、一方で核の拡散を防ぐことができず、核兵器を持つ国が増えていった。

　先の米国大統領は、自分の持てる強い力で北朝鮮の核開発を止めようとしたが、その交渉中に北朝鮮は核兵器を所有するようになり、大陸間弾道弾によって、遠く離れた米国をも核兵器で攻撃できる戦力を持ったらしいのである。

　米国の原子力科学者会報が発表する「世界の終末時計」は、人類の終末まであと九十秒と表示し（二〇二三年一月）、終末への時間はさらに短くなった（二〇二〇年は残り100秒だった）。

太田が通っているキリスト教会の牧師は常々、核戦争の脅威について礼拝の説教で語っていた。

「聖書の創世記に、ノアの大洪水の話が出てきます。イスラエル民族の族長ノアの生きていた時代、人々の生活は罪に満ち、悪行と暴虐が充溢していました。人は自分を創造された神に逆らいました。それで神は、正しい人ノアとその家族以外を滅ぼすことにされました。ノアと家族が方舟に入り扉が閉められると、四十日四十夜、雨が降り続き、世界で一番高い山の頂も水面下に沈み、人々は皆死にました。これが、水による裁きです。大洪水のあと、神は誓われました。もうこの世界を水で滅ぼすことはしないと。

けれども今、世界は人の持つ罪のゆえに悪に満ちています。水による裁きとはノアの大洪水を表しています。神は来たるべき時代、火によってこの世界を滅ぼされます。それが火による裁きです。

世界を滅ぼす火とは何を指しているのでしょうか。それはこの地球を何百回と破壊し滅ぼし尽くせる核兵器ではないでしょうか。人類は文明の恐ろしい産物である核兵器を作り上げました」

太田が、国際原子力機関（ＩＡＥＡ）に入ったのも、若い頃から聞かされた教会のこのメッセージの影響である。

太田の働きは尊いが、大国の核兵器がなくならず、少なくなりもせず、核兵器による牽制が戦略として幅を利かせていることは、この働きの旗色が悪いことを表している。

太田は聖書の預言は預言として受け止めるが、少しでも核戦争を防ぎ、もう悲惨な事態が起こらないようにと願っているのである。北朝鮮は、米国や他の国々と協議しながら核開発を停止する方向に向かっていたのだが、言わば核兵器の優位に魅入られたように核開発の方向に進んでいった。今は一刻でも早く北朝鮮に入り、核兵器と核物質、核施設を守りたいと太田は思っている。一方で、不幸にも内戦に巻き込まれた北朝鮮の核技術者を救いたいとも思っているのである。

数日後、太田に弥生から連絡があり、中国人のブローカーとホテルで会うことになった。男は李と言い、朝鮮族の中国人だった。喫茶室で太田と同僚、弥生と赤井はブローカーの李と会った。男は言った。

「今は、危険が多いからね。北朝鮮人を逃がすことはとても難しいんだよ。北朝鮮の警備兵も苛立っているから、いつ発砲するかわからないよ。

その人は、今、特に国境の川を渡って国外に出ないといけないということではないのでしょう。この内戦もいつかは終わりになるのではないの？　中国だって隣国のことだから必ず北朝鮮に介入してくるよ。そして、元の通りの体制になるよ」

「今、私達が北朝鮮に入ることは危険なのです。いつ対岸まで戦火が及ぶかわかりません。それで、あなたの力をお借りして、一人の男を北朝鮮から国外に逃がしたいのです」

「でも、こんな危険な橋を渡るのだから、お金はかかるよ。それでもいいのかい？」

「お金は払うから、言ってください。こちらとしては急いでいる。特別な場合だ」

ブローカーの李は頷くと、「あとから連絡をする」と言った。李が去ったあと、弥生が言った。

「この地帯には以前から多くのブローカーがいます。それまで多くの人が北朝鮮を脱出して第三国に出国していったのですが、相当危ない目や悲惨な目に遭っているみたいです。彼らブローカーも、今は国境にたくさんの脱出者が押し寄せて来ているので、戦乱に巻き込まれたり暴力に巻き込まれたりするのではと恐れて、様子を見たいところなのでしょう」

「すぐにでも手助けをして欲しいのだが、果たして救い出してくれるのだろうか？」

「北朝鮮側にいる仲間と連絡を取りながら、準備を進めると思います。まず、趙を含めて北朝鮮側の核技術者の把握が必要です。人数はどれだけか。どのような人で、どのような立場なのか」

　秘密のルートを介して、太田にも核技術者の情報は伝わってきていた。出国してイランに向かうのは六人である。イランは核開発を秘密裏に進め、北朝鮮の優れた技術者を必要としている。イランも核兵器の完成に限りなく近づいているようだ。

　北朝鮮の核開発は、もともと旧ソ連の援助による。北朝鮮にウラン鉱山が見つかり、旧ソ連の援助で核施設ができ、核開発が進められていった。

　さらに旧ソ連が崩壊した一九九一年以降、旧ソ連の核技術者が北朝鮮に移り、核開発に当たったといわれている。

　太田はわかっている情報を弥生に伝えた。

「国境になる川はそれほど川幅が広くありませんので、小舟やボートで渡れますし、泳いで渡ることもできます」

　弥生は調べてきたことを伝えたのだが、太田は言った。

「今の時期の気温からいって、脱出する人が夜、川を泳いで渡ることはできるのだろうか」

「それは厳しいです。けれど少し離れた所には浅瀬もあり、歩いて渡れるとのことです」

　太田も弥生も川を渡るための案をいろいろ考えるのだが、ブローカーの考えを聞いてから決断することになる。とにかくここの国境はどちらの国の側も警戒がゆるいので、国境の柵なども乗り越えられる所もある。

弥生も赤井も熱心で仕事がよくできる。NPO法人なので手弁当であるが、待ちに待った歴史的な瞬間なので、心に特別な思いがあり張り切っている。弥生と赤井が帰ったあと、太田は同僚の男達とさらに打ち合わせをした。北朝鮮側の状況では、川を渡るためにボートや小舟などが林に隠されて、その数は多いようだった。そこには脱出を専門として仲介するブローカーが暗躍しているのである。中東のシリアの内戦でも、エーゲ海を渡るために多くのブローカーが暗躍していて、あくどい取引をしていた。

今回の不幸な出来事にも、金になるとなれば聞きつけて動きだす人達がいるのである。

情報を分析すると、川を渡る機は熟している。北朝鮮、中国共に警備もゆるいことから、避難民の川を渡る時期が近いと考えられた。太田は男達と話をしながら、さらにブローカーと話を詰めていくことにした。

弥生達のネイバーズ・エイドには、時期が到来したので、スタッフが拡充されていった。日本人が主だが、日本人以外もどこからか集まってきた。ネイバーズ・エイドの代表も間もなく来ると弥生が太田に言っていた。

　太田達と弥生達ＮＡ関係の人で昼食をレストランで取っている時、大阪の鶴橋駅が話題になった。鶴橋駅一帯はコリアタウンと呼ばれ、在日韓国人や朝鮮人が多く住んでいた。

　弥生は、鶴橋駅に近いキリスト教会に通っていたそうである。太田も大阪府出身であるので鶴橋はよく知っていたし、海外の勤務が長くなると、太田の妻や子供は、その国のコリアタウンに行って韓国料理を食べたり菓子を買ったりしているそうだ。

　そんな話題の中で、太田が弥生に言った。

「趙さんは、親が日本で生活していたので、鶴橋にも知り合いがいるのではないかと思うのですが」

「そうですね。在日韓国人が多く集まっているというと、やはり大阪府ですものね。ですから、北朝鮮からの難民も京都府に集められ、そこで暮らすようですよ」

　京都府は大阪府の東隣で、中国にも近い。少しずつ北朝鮮の難民が入ってくるので、日本サイドも空き家や空き施設などを使い、受け入れる準備をしているようだった。

「趙さんからの連絡が難しくてね。在日朝鮮人経由で伝わってくるらしいよ。それでも連絡が入ってくるだけ、ましだ」

「スマホという便利なものがありますもの」
太田が連絡方法をもらすと、弥生が答えた。太田と弥生はキリスト教徒という共通の土台があり、関西に住んでいたので、在日朝鮮人の話題についても共通するものがあった。

その後、太田達とブローカーとの交渉は何回も行われた。難民の人数からすると大河の一滴という気もするが、趙達は核兵器という、今の国際関係で最も重要な問題に技術者として携わっているので極秘で進めなければならない。太田達が行っていることに反対する勢力も出てくるし、中東では明確にイランに敵対する勢力があるため妨害も考えられ、危険極まりないミッションでもある。そういう意味で、危険な妨害が入ることも予想して、日本人グループも緊張しつつ行動していた。

昼食後、太田は一人になり、中国の街を歩いていた。歩きながら、夢で見た赤々と燃え上がる都の光景が忘れられず、核兵器について考えていた。今回、核技術者が北朝鮮を脱出することは、核兵器の拡散に手を貸すことになるのだ。この六人の技術者を別の国に脱出させるべきではないのかもしれない。もちろん六人の中にはリーダーがいて、朝鮮労働党の思想的指導者なので、太田が実行しようとしていることを妨害してくるだろう。

太田は聖書の世の終わりの預言を信じている。しかし、核戦争によって世の終わりが来るのなら、いずれそうなるのだから、国際原子力機関が核兵器の開発を阻止しようとする働きは、無駄な努力のようにも見えるし、太田も虚しさを覚える。

そんなことを思い悩みながら、街路を歩いていたが、いつの間にか見知らぬエリアに入ってきていて、考え事をしていたので狭い路地がある通りを塀沿いに歩いていることに気がつかなかった。

不意に、路地の陰から太田の周りに男が四、五人出てきて、太田の腹と体を押さえつけると路地に引き入れ、地面に押し倒した。太田は思わず「ヘルプ、ヘルプ、ポリース」と大声で叫んだ。すると、男達はさっと体を離し、姿が見えなくなった。太田は痛む手足をさすっていたが、懐の財布や時計は盗まれていて、来ていたワイシャツもナイフで切り裂かれ血が滲んでいた。海外では、見知らぬ街を一人で歩いてはならないし、路地や家の壁や塀の傍を歩いてはならないのだった。憔悴した太田が通りを歩いていると、乗用車が止まって中から誰かが太田に手招きをした。弥生と赤井が窓から顔を出し、心配そうに太田を見つめていた。

「太田さん、どうしたのですか？　ここは危険な地区ですよ。あなたほどの経験がありながらこんなことが起こるとは……」

「赤井さん、弥生さん、ありがとう。私もちょっとボーッとしていたので、大変な目に遭ったよ」

太田は自分のうかつさを恥じ入り、このようなアクシデントが起こる、異国での緊迫感を改めて感じたのだった。


田原弥生は小学生の頃、朝鮮文化に触れた経験があった。弥生の小学校には在日の韓国人や朝鮮人が多くいたので、朝鮮の文化を教えるクラブが週に何回か開かれており、年に一回は、朝鮮の音楽の演奏会や文化を紹介する集まりがあった。弥生は、朝鮮の音楽演奏や踊りを見て、強い印象を受け、興味を惹かれた。弥生が朝鮮文化に関心を持ったのを知った担任の教師が、弥生と何人かのクラスメイトを近くの小学校で行われた朝鮮文化の発表会に連れていってくれた。

朝鮮の服は、日本人にとっては原色が多いように思う。発表会では弥生と同じ小学生がチマチョゴリなどの朝鮮の服を着て合唱を聞かせてくれた。原色の服がキラキラと輝く姿に、同じ日本に住みながら、異なっている文化が美しくて面白いと思った。朝鮮の歌は心に染み入り、日本の歌と変わらない部分があった。

その後、朝鮮の国とその文化が紹介された。国語の教科書にも朝鮮の物語が出てきて、弥生達は教えてもらったその話を劇にして皆の前で発表もした。弥生にとって、その物語の秋の紅葉の風景が強く印象に残った。内容もユーモラスで面白く、自分達の劇でもその様子を美しく描いた。弥生はそれを契機に朝鮮文化のクラブに入り、欠かさず行くようになり、担任の教師とも親しく話しをし、交流を持つようになった。そのこともあって、ひとりで電車に乗って、鶴橋駅界隈の店を巡って冷やかしたり、お菓子や料理を食べたりして楽しむようになった。上の学校に行っても、休日には友人とその街を訪れたりもした。

弥生は、レストランで太田や赤井達と食事をしている時、自分の体験を話すことがあった。そしてそれぞれが、似たような体験をしていたこともわかってきた。

太田の父は子供の頃、北朝鮮は豊かな国だと思っていた。それは父の思い込みだったのだが、太田の父はある時作文を書いて先生から褒められたそうである。それは、北朝鮮の「千里馬運動」を褒め称える作文だった。太田の父は、北朝鮮の映画を見るか話を聞かされて、素直に北朝鮮を称える感想文を書いたのだ。それは、北朝鮮の国家主席は素晴らしい人で、国民は目標を持って一丸となって働いている。北朝鮮は工業化が進み、もともと資源も豊富なので、南の韓国よりはるかに豊かで、国民は幸せに暮らしているというものだった。太田の父は、父親に家族の前でその作文を読むように言われ、ためらった。それは北朝鮮が社会主義国なので、公務員で古い考えの父親が偏った思想と思い、叱られるのではないかと思ったからである。

ところが、そんな父親が作文を褒めてくれたので、とても意外な気持ちがしたのである。その時祖父は、父を励ましたかったのではないかと太田は思うのである。心温まる父と祖父の思い出なのだが、太田も太田の父親もそこに嘘があったとわかってきた。太田の父親の世代はそんな極端な嘘を、プロパガンダとして教えられたのだ。しかし最近では、北朝鮮の内情もしっかりと報道されるようになっている。

太田は弥生が話したように、こんな自身の体験を皆に話した。太田にとっては、父親の体験がどうしても割り切れず、心にいつまでも残っているのである。

太田と弥生は、同じ市の出身なので共通の友人もおり、生活圏が近い中で、子供時代や学生時代に、近接することがあったようで、あんな体験、こんな経験と話し合うことができた。そして話しているうちに、互いに打ち解けるようになったのである。赤井は口数が少ないほうなのだが、その屈強な身体は周りの者に安定感を与えていた。

太田と弥生達は再び集まった。

「太田さん、夜暗くなってから、趙さん達は川を渡ります。早く川を渡り切るため、小さな舟を使います。舟の色はこげ茶色で、屋根が付いているので誰が乗っているかわからないはずです。六人が渡り終わると、近くの村に逃げ込み、我々と合流します。

ブローカーはここまでやってくれて、趙さんを私達に引き渡します。他の核技術者達には話をつけてありますので、邪魔もしないし引き止めることもありません」

いよいよ決行だ。夜、それも闇夜が良いので、次の日、新月の夜に決行することが決まった。

弥生達のネイバーズ・エイドは人員が増えていったが、代表はまだ来ていなかった。それで、弥生は仲間と打ち合わせをしながら、趙さんの救出について考えていた。

3

赤い夕日が地平線に落ちていったが、しばらく空は茜色に照り映えていた。そのうちにだんだんと墨のように黒くなっていった。そして、この日は新月なので、辺りは真っ暗闇になった。

太田と同僚、弥生と赤井達は四輪駆動車に乗ると、ブローカーの李と打ち合わせた場所の近くまで行った。四人は、川の土手の大きな薮の中に身を潜めた。川面は橋の外灯をゆらゆらと映していたが、それも周りの闇に呑み込まれがちだった。

「見て！」

弥生が押し殺した声で太田達に注意を促した。

見ると、対岸の河原に闇にまぎれて動くものがあった。そして、ゴムボートや小舟がずらりと並んでいた。

「あれだ……」

太田も小声で囁いた。闇に慣れた太田達の目に、屋根付きの小舟が見えた。北朝鮮の核技術者達が乗り込む舟だ
暗闇の中、屋根付きの小舟が川に乗り出すのがわかった。後ろから小舟を押していた男が小舟に身を投げ入れて、核技術者達を乗せた小舟は川の真ん中に進んでいった。それを合図に、河原のゴムボートや舟が一斉に入水した。川の中央辺りまで屋根付きの小舟が先を進み、その後方をびっしりとゴムボートや小舟が川面を埋め尽くしている。泳いで川を渡ろうとする者も多くいた。浮き輪につかまり進んでいく者、ボートから出ているひもをつかんで進む者、皆それぞれ何とか川を渡りたいという思いだった。バシャバシャという川の水の音が響き渡るが、話し声一つしなかった。

その時、川の上手の空を、戦闘機が爆音を上げて飛んできた。戦闘機は川面をサーチライトで照らしだすと同時に、機首から機銃掃射を加えた。人々はパニックに陥り、皆、ボートから飛び降り、川岸に引き返した。屋根付きの小舟は機銃掃射の標的にされ、小舟のど真ん中を射ち抜かれ、屋根の破片が飛び散った。小舟は銃撃で屋根

がバラバラに砕け、小舟自体も穴だらけになり、浮かぶのもやっとの状態になった。

戦闘機は轟音を残して飛び去っていった。川岸に戻った人達は一瞬の悲惨な出来事に言葉もなく、呆然と川を見つめていた。負傷者のうめき声も対岸まで聞こえてきた。

水面には、射ち抜かれた小舟が浮かんでいた。川は空気の抜けたゴムボートで埋め尽くされており、塊となってゆっくりと流されていった。


太田も弥生も血の気が引いていった。

「太田さん、趙さんが……」

弥生の顔は、驚きと悲しみに歪んでいた。悲痛な叫びと共に、弥生は潜んでいた薮を抜け出すと河原に駆けていった。

「弥生さん！」

慌てて、太田も赤井も弥生を追いかけた。

太田は辺りを憚りながら、弥生を引き止めようとした。弥生は河原に至ると川に飛び込み、小舟を目指して泳ぎ始めた。屋根付きの小舟は他のボートの残骸と一緒に流されている。弥生は見事な泳ぎで小舟に近づいていき、川の中ほどにまで到達した。

その時、轟音と共に、先ほどの戦闘機が戻ってきた。

「弥生さん、危ない！」

「潜れ！　潜れ！」

太田も赤井も必死に叫び、弥生に危険を知らせる。

戻ってきた戦闘機の翼に、あの国のマークが見えている。

「そんなバカな！」

「どうして？」

戦闘機は接近すると、再び執拗に、壊れて沈みかけている屋根の付いた小舟に機銃掃射を加え、飛び去っていった。


川に静寂が戻った。川の中央、弥生は背中を川面に覗かせて、うつ伏せの状態で浮かんでいた。太田は猛然と河原に突進し、流れに飛び込んだ。赤井もそれに続いた。太田と赤井は泳ぎながら弥生を抱えると、岸まで連れ戻した。陸に上がると毛布で弥生を包み、四輪駆動車の中へと運んだ。弥生の救出劇を眺めていた人達は、我に返ると河原に殺到し、銃撃を受け負傷した者達を助け始めた。そのため、河原は大混乱となった。

弥生は銃撃を受けていなかったし、負傷してもいなかった。戦闘機の銃撃の衝撃で、一瞬気を失っていただけだった。

しばらく介抱していると弥生の顔に血の気が戻り、落ち着いてきた。それを見た太田は、車のエンジンをかけて出発しようとした。

「どこへ、行くの？」

弥生が、か細い声で尋ねた。

「趙が川を渡った場所に行く。趙はあの小舟には乗っていない。悪いが、あれはダミーの舟だ」

「え!?」

弥生はまだ意識がはっきりと回復していないようだった。

車は土手の道を五分ほど走ると停車した。

「あそこに見える河原へ行くぞ。弥生さん、動けるか？」

「動けるわよ……人を馬鹿にしてるわ」

すると赤井がぼそっと言った。

「敵を欺くには、味方をまず欺くか……それにしてもひどいもんだ」


しばらく歩くと太田が二人を手で制止した。木陰から河原を覗くと、川にも河原にもボートの残骸があってゴミが散らばっていたが、河原には誰もいなかった。土手を少し歩いていくと、黒い服の集団がいた。ブローカーの男と会う約束をしていたちょうどその場所だ。近づいて見ると、六人のずぶ濡れの男達を、黒ずくめの男達が囲んでいた。

その集団から一人の男が出てきて、こちらに向かって歩いてきた。後ろから、男達が太田達のほうを窺っている。近づいてきたのはブローカーの李だった。李は太田達であると確認して近づいてきたのだ。

「李さん、驚いたよ」

太田が李に声をかけた。

李は、顔に脂汗をかき、困り切った顔をしている。

「北朝鮮からの六人の男は無事に川を渡ったんだよ。ところが、その中の党員のリーダーが、目的の男を放そうとしないんだ。約束が違うと言ったんだが、頑として受け入れず拒否するんだ。中国警察の刑事もやって来ているし。でも警察にだって俺から話をつけてあったから、警察は黙認して北朝鮮の奴らとあんた達の交渉次第で決まることになっていたんだ。何せ、これだけ北朝鮮からの脱出者がいるんだから、彼らもいちいち捕まえるわけにはいかないんだ」

李は言い訳の言葉をまくし立てるのだが、一向に目的の趙を取り戻そうとはしなかった。

「どうしてかな？　警察がこんなことで取り締まるはずはないんだがなあ」

太田は李に強く言った。

「趙さんを連れてきてください。趙さんも第三国に出国したいと言っているんだ。約束を守って連れてきてください」

弥生も重ねて言った。

「契約のお金を払ったでしょう。李さんは約束したことは実行する堅い男だという評判じゃない」

「いや、こんなケースは初めてだよ。俺は警察の奴らとは顔見知りだよ。今までも何度も警察のために働いたし、口はばったいが面倒も見てやったんだよ。ところが今晩は、ダメだ、渡せないの一点張りなんだよ。大体、どうしてあの刑事らがここにいるんだよ。こんな夜遅くによ」

するど赤井が言った。

「あの刑事に金をつかませて、引き渡してもらうわけにいかないのか？」

李はその言葉に驚いて、赤井の顔をしばらく見ていた。

「わかったよ。もう一度行ってくるよ」

李は足早に刑事のもとに向かった。李は刑事と押し問答を繰り返しているようだった。刑事達がちらちらとこちらを見ている。

しばらくして李がこちらに戻ってきた。答えは言われなくても、李の表情で太田達にはわかった。

「悪いなあ。俺もメンツが立たないが、刑事達は上からの強い指示で動いてるらしい。六人は警察に移送すると言っている。すまない、この金は返すよ」

そう言って、李は札束の入った包みを太田に差し出した。

「あんた達、もう行ったほうがいいよ。奴らに拘束されるよ」

李にそう言われて、太田達はその場を去らざるを得なかった。

少し四輪駆動車を走らせて止まり、刑事達の様子を窺っていると、刑事達は分かれて車に乗り、六人の北朝鮮人も車に乗せられ、街のほうに走っていった。

太田は無言だったが、しばらくして言った。

「男達は川を渡って、脱出に成功したんだがなあ」

「趙さん、せっかく北朝鮮から脱出できたのに、かわいそうだわ」

と、弥生。

「北朝鮮にとっては、あの男達は格好の収入源だからな。それに中国にしてもビジネスと政治なんだろう」

「北朝鮮といっても、今では政府の実態はないんじゃないの。おかしいわ。何のためにあの人達はイランに行くのかしら？」

中国の領土なので、太田達も街中でめったなことはできない。四人は拠点のアパートに帰ることにした。

皆が、たった今起こったことが信じられない様子だった。弥生達もブローカーを見つけた時点で救出はうまくいくと思っていた。何せ、戦乱が迫っているのである。誰もが自分のことで精一杯だし、国を逃げ出す者は警察も黙認するしかない時だった。太田もこれだけ大人数が一斉に逃げだすのだから、核技術者の趙の救出にまず成功すると思っていた。しかし、あの戦闘機の出現には驚いた。国際的な政治の動きがあることをまざまざと見せつけられたのだ。

「あの戦闘機だけれど、あれはロシアの戦闘機だった」

太田が言うと、弥生は訝しそうに疑問を口にする。

「ロシアですって……どういうことなの？　ロシアは、イランとは親密な関係のはずでしょ？　イランのためだから手助けこそするでしょうが、妨害なんかはしないでしょう」

太田はしばらく考えて、慎重に言葉を選びながら答えた。

「中東では、ロシアはイランに近づいている。アメリカに対抗する動きだろうし、ロシアの伝統的な南下政策の一つでもあるだろう。ところが、事は核兵器の開発が関わっている。国家が核兵器を持つことについてはデリケートな問題で、核兵器を所有することでその地域の力関係は劇的に変わってしまう」

「そう、北朝鮮の核兵器所有がそうだったわね。あの行為で世界中は振り回されたし、北朝鮮と血の同盟を結ぶと言っていた中国だって、それから北朝鮮に煮え湯を飲まされ続けているもの」

「それでロシアとしては、イランに核兵器を持ってもらいたくないという意志を、今回の出来事で表したのではないかな」

「どうしてロシアは、イランに核兵器を持って欲しくないの？」

「ロシアは、近くの国が核兵器を持つことは避けたいのです」

「中東のイスラエルの情報部も気になるわ。場所が中国でも彼らは動くのかしら？」

「イスラエルは核兵器を持っているから、地域の他の大国が核兵器を持つようになることは、自国の優位性が崩れる。だから、絶対に敵対してくる」

太田はしばらく考えてから続けた。

「六人の技術者がイランに飛行機で向かうとしたら、首都の北京からだろうか？　それとも北京は目立つから、少し離れて上海の空港から向かうのだろうか？　彼らは上海から行く可能性が高いので、夜が明けたら我々は上海に向かうことにする」

三人は遼寧省の丹東市の空港から旅客機で上海に向かった。

朝、丹東市を発つと、午後には上海市に着いた。太田達はホテルに泊まりながら上海空港に通い、上海からイランへの旅客機の出発ロビーを監視し始めた。

4

上海のホテルで朝食を取っている時、太田が弥生と赤井に言った。

「昨日の夜、突然、趙さんの救出を依頼してきた方から電話がありました。今、日本から上海に来ているので会って欲しいとのことです。皆さん、今日の午後二時にホテルの私の部屋に来ていただけますか？」

これまでは仲介者を通しての連絡で、趙のことが伝えられていた。日本と上海はそんなに遠くはないので、依頼主もたやすく来れる。三人が上海まで来たことがわかり、面会しようとしたのだろう。この動きのどこにも罠は見当たらないようである。


「初めまして。鄭《チョン》と申します」

初老の男は、挨拶と共に名刺を差し出した。

「南北物産商事株式会社社長 鄭一福」

住所は大阪市の鶴橋であった。

「今回は、勝手なお願いを申し上げまして、申し訳ありません。突然、北朝鮮の騒乱が起こり、内心やっぱりという思いはあるのですが、実のところ、何が何やらさっぱりわかりません。何か支援ができないかと気をもんでいたところに、北朝鮮に帰国した弟の息子から連絡がありました。いえ、携帯電話にではありません。手紙で幾人かを経由して、私の所に届きました。手紙は甥の自筆によるもので、国を脱出して日本に行きたいので助けて欲しいというのです」

太田も弥生も赤井も、大事なミッションの依頼主の話を聞き逃すまいと必死だった。鄭は続けた。

「私の弟は、今から七十年ほど前、北朝鮮への帰国事業で、船に乗って北朝鮮に家族ぐるみで帰りました。私は当時基盤が日本にできつつあり、帰国事業にも本当かという気持ちがあったので、日本に残りました。弟の家族は北朝鮮で優遇され幸せに暮らしていたのですが、ちょっとずつ、ちょっとずつ手紙の調子が変わってきました。私も、弟達家族に何かあって強制収容所に送られたのではないかと心配だったのです。弟に代わって、甥からの手紙が来るようになりました。よく弟や嫁の話を聞きました。甥は自分の地位を自慢するような浅薄な奴ではないので推測ですが、核開発の技術者として日々充実して過ごしているようでした。

核開発技術者と言えば、北朝鮮では超エリートですよ。在日朝鮮人で帰参組の甥が、ここまでのエリートに上り詰めることは北朝鮮では考えられないことだし、奇跡です。そんな甥ですが、今は本国が騒乱で国が根底から覆るかもしれないと言うのです。無一文でほっぽり出される可能性も大です」

「それで、助けを求めて、伯父さんに連絡を取ってきたのですね」

　鄭は目を潤ませていた。

「甥の手紙を見て懐かしくてね、何度も何度も読み返しました。そして甥だけでも助けてやりたいと思いましてね、あなたのところに連絡したのです」

「私達は中朝国境にいましたが、多くの人が国境を渡ろうと待機していました」

　そう太田が言うと、鄭は言った。

「そこで渡るのを助けようとされたのだが、横槍が入ってだめになったんですね。甥達は国から中東のある国へ派遣されることになっているので……。あの子達は中東にまで連れ回されるのですね」

「救出できなくて、申し訳ありません。甥の趙さんはよくやられたのですが、中国の官憲が乗り出してきてしまって、どうすることもできませんでした」

「太田さん、いいのですよ。気になさらないでください。私でさえ、今まで北朝鮮にいる甥に何にもできなかったんです。それが国外に脱出してくれたのだから、これからどうとでもなるじゃないですか。それこそ、太田さん、こんな頼りない依頼でか細い連絡しかできないのですから、よくやってくださっていると思います」

そう言いながら、鄭は紙包みをポケットから出し、太田のほうに差し出した。

「この中にクレジットカードが入っています。これで、甥の救出の費用に使ってください。そして何とか、中国国内にいる間に甥を助けてやってください。お仲間の方もよろしくお願いします」

太田も弥生も赤井も、鄭の申し出に頭を下げた。

そして、弥生が鄭に語りかけた。

「鄭さん、いいえ、おじさん、お久しぶりです。私のことを覚えていらっしゃいますか?」

鄭は弥生にそう言われて、まじまじと弥生の顔を見ていたが、すぐに合点がいったようだ。

「あなたは……あのお嬢さんですか? ほらよく私の店に土産物を買いに来てくれた……」

「近所でしたので、子供の頃から地下鉄に乗ってよくお店に行きましたわ。それに最近もよく、鶴橋のお店にはお買い物に行くのですよ」

「そうですか。わざわざ地下鉄に乗って買いにくるので、熱心な子だなと思っていたのですが……」

「私、話を聞きながら、いつ切り出そうかと思っていたんです。こんな縁で、おじさんのお手伝いができるなんて、不思議なことですわ」

　太田も二人が知り合いと知って、世間は狭いと思い、鄭との距離もぐっと近づいた気がした。二人の居住空間が大阪市なので、こんなこともあり得るのだろう。

　そして、鄭が気を取り直したように言った。

「それでね、太田さん、弥生さん。日本政府も今、北朝鮮の難民の受け入れを考えているのです。北朝鮮に動乱が起こって以来、国内は混乱の極みですから、中朝国境から少しずつではありますが、避難民が中国に入ってきています。中国ももちろん難民を受け入れるのですが、日本政府も早々に国内に受け入れることを表明しました。今のところ、中国南部の港から、最短距離の直線航路で日本の京都府の港に客船を使って大量に移送する計画のようです。日本政府は、京都府中部の温暖な気候の土地に施設を作っているようです」

「ふーん、それなら中国の港まで趙さんを連れていけば、日本に行くすべもありそうですね」

「そうですよ。私が言いたいのは、私の住む大阪府の隣の京都府なら、私もすぐに会いに行けるのです。何とかなりませんでしょうか？」

　太田は返事ができず考えていた。まず趙の居所を掴み、連れ戻すことが先決だ。

「時間を取り、申し訳ありません。上海空港で甥を見張るんでしょう。お忙しい中ありがとうございました。どうぞこのクレジットカードをお納めください」

弥生は鄭の言葉に胸が詰まり、熱い思いが湧き上がってきた。肉親のつながりとはなんと強いものだろうか。若い弥生には両親もいれば兄弟も親戚もいる。恵まれた境遇だ。

鄭が部屋を出ていくと、太田は言った。

「鄭さんも在日朝鮮人だが、立場が複雑なようだよ。中朝国境にも、ツテを頼って調べれば知り合いもいるんだろうけれど、中国の官憲に捕まる恐れもあり、そこまで行けないそうだ。それに、高齢だし、動きが取れないんだ。鄭さんが上海まですぐに来てくれて私達と会い、打ち合わせができてよかった」

「血のつながりって強いのですね。鄭さんも、よく今まで諦めずに弟さんの家族や甥ごさんの消息を探っていましたね」

と、弥生。とにかく、三人で上海空港を見張って、北朝鮮の趙達核技術者を見つけようと互いに確認し合った。


北朝鮮の核技術者達は朝の便で中東に向かうだろうと考えた太田達は、毎朝出発ロビーに詰めて乗客を見張っていた。人目もあり警察に気づかれる危険もあるので、目立たないよう交替で監視に当たった。三日目、たまたま三人がロビーのソファーに座っていると、ある乗客に気がついた。ポロシャツを着た男の集団が搭乗ロビーにやって来たのだ。朝鮮人のようだったが、目つきの鋭い男達だった。

太田は彼らをそれとなく見張っていた。弥生も注視していたが、しばらくすると下を向き、太田に向かい首を横に小さく振った。

搭乗時間が近づき、男達は皆旅客機に乗り込んでいく。そして、出発時間がきて、イラン行きの旅客機は滑走路に移動し、滑走を始め離陸していった。

太田達が搭乗ロビーから去ろうとした時、空港内に緊急のアナウンスが流れた。

「先ほど本空港を離陸いたしましたイラン行き〇〇航空〇〇便は、主翼エンジンのトラブルにより、ただ今、上海空港に引き返しています」

ロビーのテレビの大画面に、主翼のエンジンから白い煙を出しているイラン行きの旅客機が映し出された。

人々は「おおっ」と驚きの声を上げ、画面を食い入るように見つめている。太田達は窓に近づき、着陸体勢に入った旅客機を見た。着陸し滑走するその旅客機は、エンジンから思いのほか多くの白い煙を出していた。家族連れの見送り客も多いためロビー内は騒然としていて、嘆く女性の声でかまびすしかった。旅客機は滑走路に無事停止した。太田は忙しく考えを巡らせこの事態を検証した。もう一刻の猶予もない。

このままでは、北朝鮮の核技術者は行方がわからなくなり、国外に逃亡してしまう。太田と弥生と赤井の三人は、大急ぎでホテルに取って返した。

太田は所用で上海の総領事館に向かった。その途中も考えていた。イラン行きの旅客機には、趙も北朝鮮の核技術者も乗り込んでいなかった。それにもかかわらず、その旅客機はエンジントラブルを起こし、白煙を上げて空港に引き返してきた。

北朝鮮の核技術者をイランに行かせたくない勢力が、核技術者が搭乗していないのにもかかわらず、それを知らずに飛行機に細工をしたのだろうか。中国でなかったとしても、イランと敵対するイスラエルや他の国が妨害した可能性はある。ひょっとして北朝鮮の核技術者達は陸路で、中央アジアを経由しイランに向かうのではないだろうか――そう太田は考えた。それはかつてのシルクロードである。太田達は、シルクロードが通る新疆ウイグル自治区に飛行機で飛び、趙を奪還することにした。

他に考えられる経路は、モンゴルへ陸路で抜け、モンゴルから空路イランに入る方法である。しかし、モンゴルから旅客機を使うと同じように妨害される恐れがある。やはり核技術者の一行は、秘密裏に陸路を選択するのではないか――。

このようなことを考えながら歩く太田のあとを、黒塗りの乗用車が密かに近づいてきた。その車はしばらく太田のあとをつけるように進んでいたが、うかつにも太田はそれに気がつかなかった。その黒塗りの乗用車は速度を早め、太田の横で停止した。そして車の中から男が四人飛び出し、太田を取り囲んだ。太田はただならぬ事態に「しまった！」という表情を浮かべた。

「上海警察です。少しお聞きしたいことがあるのですが……」

警察の人間にそう言われたら、もう逃げ場がない。

「私は、今から用事があり急いでいます。何のご用ですか？」

そう答えた太田に、若い刑事が尋ねた。

「あなたは、遼寧省丹東市に行ってはおられませんでしたか？」

太田には答えたくない質問だった。言質を取られると、後々まで警察に追及されてしまう。

「私は日本人です。その質問には答えかねます。申し訳ありませんが、急ぎますので通していただけますか？」

太田がその場を逃れるため囲みを突破しようとすると、刑事達は太田のほうに身体を突き出し、手を挙げ拘束しようとした。

その時、何かの塊のようなものが刑事達にぶつかり、囲みを破った。

「何だ、何をする」

二人の刑事が、男を取り押さえにかかった。男は必死になって何度も体当たりを食らわしたので、刑事の一人が地面に倒れた。

男が太田を見て、逃れるように目で合図した。

太田は、急いで刑事達から離れ、通りを走っていった。

「太田さん！」

鋭い男の声がした。黒眼鏡をかけているが、すぐ赤井とわかった。

赤井は太田を手招きし、その身を抱え路地に入っていく。ビルの間の道を走り抜け大通りに出ると、やはり黒い車が停車していて、その横に弥生が立っていた。

太田を車に押し込み、赤井も乗ると、車は発車した。

「太田さん、危ないところだったわ。この頃、中国の警察は平気で日本人を拘束するのよ」と、弥生。

「そして、拘束した男は、行方不明ということにされてしまうのだ」

赤井がそう付け加えた。

「すまない。助かった。私をあの場で助けてくれた男は、趙さんの伯父の鄭さんだ。鄭さんは、警察を妨害してぶつかっていったのだから、警察から手荒い暴行を受けていた」

「ああ、そのようだ。鄭さんは命がけで太田さんを守ったのかな」

赤井も鄭と認めていた。

「鄭さんは、私を見守っていてくれていたんだ」

太田は深いため息をついた。鄭が中国の警察に捕まってしまったら、太田にはどうにもできない。車内を重い沈黙が支配した。

「鄭さん、太田さんのお手伝いをしたかったのよ。でもできることには限りがあるわ。それで太田さんをわからないように見守っていたのね」

「鄭さんは刑務所に入れられるのだろうか?」

太田は鄭のこれからを心配していた。

「鄭さんは朝鮮人だから、何とか逃れる道があるかもしれない。政府か警察に何かのツテがあってね」

太田は急な展開に驚きつつも、次の事態に備えなければならなかった。ホテルに帰り、太田は自分の考えを弥生と赤井に伝えた。それを聞いた弥生が言った。

「わかったわ。けれど、シルクロードから中央アジアというと、私達にも見当がつかないのです。私達は今の活動のエリアを中国東北地方と北朝鮮、韓国だと思っています。そんな私達ですが、太田さんのお役に立てるでしょうか?」

するると赤井が弥生に考えを伝えた。

「田原さん、それでも北朝鮮の核技術者が中東に連れ去られるのです。その中の一人の趙さんの救出は、私達の仕事ではありませんか。ここで太田さんに仕事を任せてよいのでしょうか？」

　太田も弥生達ネイバーズ・エイドには、続いて働いてもらいたいのである。

「田原さんの気持ちもわかりますが、できたら続けて助けていただきたいのです。事情をよく知っておられるので。それと、事態は急を要しますので、時間の猶予はありません」

　もとより弥生も、ここで任務から離れる気持ちはなかった。弥生と赤井は、続いて共に働くと言った。太田は付け加えた。

「これから、私達の組織のIAEAの男が一人、仕事に加わります。中国の方ですが、良い働きをしてくれることと思います」

　IAEAの中国人の助っ人とは、新疆ウイグル自治区で会うことになる。少し打ち合わせをして、太田、弥生、赤井は急いで上海空港に取って返した。

　出発ロビーで搭乗の手続きを終えた太田は、あることに気がついた。ごった返すロビーの柱の近くに、隠れるように立っている男が見えたのだ。太田が辺りを窺い、小さく合図をすると、男が頷き返すのが見えた。鄭が見送りに来てくれたのだ。顔には所々に傷があり、青あざらしきものも見え、痛々しい。

　これ以上太田達についていくのは、中国の官憲の目もあるので鄭には難しいのだろう。太田達は、上海空港から新疆ウイグル自治区のウルムチ地窩堡《ちかほう》国際空港に飛び立った。

5

新疆ウイグル自治区は、中国最大の行政単位で、国境が周囲の八つの国と接している。国境は北の天山山脈と西のカラコルム山脈のような、急峻な山脈に囲まれている。その中心であるウルムチ市は、人口約四百五十万人の大都市である。ウイグル族が多いが近年漢民族の移住が進んでいる。

面積の広いこの地区には、他にも多くの少数民族が住んでいる。街を歩くとテュルク系の人達の顔が見え、中国の他の省とは異なる雰囲気である。

ウルムチを日本人がよく訪れるのは、シルクロードを見物できるからである。ここから中央アジアを経て古のローマ帝国の領土までは、多くの人が行き交う交易路だった。その多くは砂漠地帯で、ラクダに乗った商人が行き来をした。そのシルクロードは、中東のイランにもつながっているのである。趙を含む北朝鮮の核技術者達は、中国人の警官に守られ、陸路シルクロードを通りイランに密かに向かっているのだろうか。

三人がウルムチに着いて早々、太田の仲間の中国人がホテルに太田を訪ねてきた。郭《グオ》という名のその男は太田と親しく、新疆ウイグル自治区での太田の活動を共に担ってくれることになっていた。

郭は市内のホテルを当たってみたが、北朝鮮の核技術者が泊まっている気配はないと言った。太田達はまだ核技術者達がウルムチに到着していないと見て、ウルムチ市内の主要なホテルを監視することにした。とは言え、中国は監視社会なので、市内各所に設置された監視カメラに捉えらないように細心の注意を払った。

日本人の三人は時に、市内の公園を語り合いながら散策することもあった。このような時間を持って、核技術者の中から趙を救い出すことの緊張を少しでも和らげようとした。季節も良く、空気も肌に気持ちがよかった。何より、はるかに見える雪を抱いた高く急峻な山脈が、太田達の心を新鮮な思いで満たした。

ウルムチの市場に行くと様々な食料に溢れていて、日本とは異なった風情で珍しい味のものが多かった。人々の語る言葉は理解できなくとも人なつっこく、外国人には親切だった。

ウルムチで、ある者は観光で市内を歩き回り、ある者は河辺の美しい公園で一日を過ごしていた。その美しさ故に、ウルムチには多くの観光客が来ていた。日本人の観光客も多く見られた。夜は夜で、レストランで食事をしながら民族舞踊を見て楽しんだりして、時を過ごした。何日も監視を続けているうちに、北朝鮮人の核技術者の一団が市内のホテルに入り、滞在しているのを郭が突き止めた。太田達はそのホテルに様子を窺いに行ったが、核技術者の一団を確認することはできなかった。

　ホテル周囲の監視を続けていると、ある朝、核技術者達がホテルから出てくるのに遭遇した。そして太田と弥生は、その一団の中に趙の顔を確認することができた。ホテルに戻るとすぐに郭を呼び、一行を襲撃して趙を奪還する方法を話し合った。郭が知り合いのネットワークを活かして得た情報によると、核技術者達は、五人ほどの中国人警官に守られているようだった。出発がいつになるのかはわからない。しかし、核技術者達が北朝鮮を出国してからかなり時間が経っているので、すぐに中国から出立するのではなく、ゆっくりと周囲の様子を確認しながら、そのタイミングを計っているように思われた。

　それから何日も、核技術者達はホテルに滞在していた。監視する太田や弥生、赤井達は、その合間に市内の美しい公園を訪ねたり、急峻な山脈を眺めて心を癒していたが、そのような日々にも次第に飽くようになった。

　北朝鮮の核技術者達がホテルを去ったのは、唐突だった。ある朝突然、核技術者達を含め、全部で十数名がマイクロバスに乗り込んで出発したのだ。外見から見て労務者の一団に見えたかもしれない。マイクロバスはスピードを上げて、ウルムチ市の郊外へと出ていった。街を離れればすぐに砂漠である。あまりにも長い時間砂漠ばかりが続いていたが、北朝鮮の核技術者達にとっては、興味が尽きない珍しい景色のようだった。砂漠の所々には、油井も見られた。石油や天然ガスの採掘が活発に行われているようで、一帯が工業地帯と住宅地を合わせた大きな街になっていた。

マイクロバスの車内では飲み物が配られた。中国人の応対は気持ちのよいもので、これから外国に向かう北朝鮮人達の緊張をできるだけ解きほぐそうとしていた。車内には朝鮮語も飛び交い、賑やかになってきた。

マイクロバスは砂漠を走り続け、荒野を抜けると、山道を登り始めた。国境を区切るはるかに高い山脈地帯にマイクロバスは入ったのだ。いくつもの峠を通り過ぎると空気も澄んできて、吹く風も冷たく肌に気持ち良かった。

所々でマイクロバスは休憩した。峠の見晴らしの良い所で止まると、山道をはるか高所まで登ってきたことを示すように、眼下のウルムチの街が小さく見えた。山脈を縫うように走る道では、人の姿はほとんど見ることはなかったが、派手な装飾を施したトラックが頻繁に行き来していた。

北朝鮮の核技術者達を乗せたマイクロバスは、ひたすら険しい山道を登っていった。高度が上がってくると、交差するトラックもまばらになってきた。周りの樹木の種類も変わってきて、寒々とした針葉樹の尖った木立が、自然の厳しさを表していた。標高が高くなるにつれ、山道はしだいに細くなり、曲がりくねっていく。

マイクロバスが山間の細い道を通り抜け、曲がり角に差しかかったちょうどその時だった。大きな爆発音が車体を震わせ、マイクロバスの運転手は慌てて急ブレーキを踏んだ。前方の曲がり角を、大木と大きな岩が塞いでいた。運転手がバックをして方向転換しようとすると、二回目の爆発音と共に、大木が何本も倒れかかってきて、後ろの道も塞いだ。すると、山の斜面を馬に乗った男達が小銃を片手に駆け下りてきた。甲高く煽る声が響き渡り、マイクロバスの車内の警官達が銃を手にして窓の外を窺った。北朝鮮人達はバスの中央の通路にうつ伏せて、銃撃を避けていた。

襲撃してきた男達は十人ほどいて、猛烈に銃撃を浴びせかけ、マイクロバスの周りをぐるぐる回った。車内から警官も拳銃で応戦するのだが、騎馬の男達が数も多く猛烈に銃撃するので、中国人の警官が一人銃撃を受け倒れるやいなや、警官達は即座に応戦をやめた。勝ち目がないと思ったのだ。

騎馬の男達も銃撃をやめ、小銃を構えてマイクロバスを取り囲んだ。リーダーらしき男が、前に出て警官に声をかけた。警官は全員手を挙げ車外に出た。リーダーの男が、警官の一人に話しかけると、その警官は手を挙げたまま合図をして、マイクロバスから核技術者達を外に出すように言った。

さらに警官は趙を名指しして出てくるように言ったので、趙がマイクロバスから出てきた。騎馬の男は趙を連れていくようだった。すると一人の核技術者が隠し持っていた拳銃を取り出し趙を撃とうとしたが、騎馬の男の小銃で肩を撃たれ、その場に崩れ落ちた。

中国人の警官は武装解除された。リーダーの男が趙を馬上に引き上げると、騎馬の男達が中国人の警官の足元に威嚇射撃をして、大木を押しのけ、マイクロバスのやって来た方向へと一斉に走り去った。

峠の道沿いの林に、一台の四輪駆動車が隠れていた。はるか向こうから馬の足音がしたかと思うと騎馬の集団が現れ、待ち合わせ場所の林の中に入ってきた。

男を乗せていた騎馬の男は四輪駆動車の前に来ると、車内から出てくる人を窺った。出てきたのは、太田と弥生、赤井、それに郭だった。彼らは車内から出てきて、北朝鮮人をじっと見て確認した。

趙は、背の高いまだ若い男だった。太田達は写真で本人かどうか確認したあと、趙を車内に入れた。いろいろなことが起こり驚いたのだろう、趙は緊張し青ざめた顔をしていた。趙が車に乗ったのを確認すると、太田と郭は騎馬の指導者に声をかけ、四輪駆動車に乗った。騎馬の集団は、一声奇声を上げると、国道を駆けながら去っていった。

四輪駆動車は五人を乗せて国道を走っていた。行き交う車もほとんどなくスピードを上げていった。

太田が、赤井に注意を促した。

「もう、警察に連絡がいっているかもしれない」

「ああ、警察が国道で検問をしている可能性もあるな」

四輪駆動車は、妨げるものが何もない草原を一直線に貫く道を、猛然と走っていった。運転する赤井が前方を見て、小さく舌打ちをした。助手席の太田も前方を見ると、警察が検問をしているのが遠くに見えた。赤井はすぐにハンドルを右に切り、道を外れ草原の傾斜したエリアに入っていった。傾斜した草原を下っていくと、車体がずるずると下方に引きずられ、車は制御を失い、さらにズルズルと滑りながら下へ下へと落ちていった。

「キャー！」

弥生が思わず悲鳴を上げた。

今や車は真横に引っ張られるかのように、ズルズルと滑り落ちていく。赤井は両手で固くハンドルを握りしめていた。車は滑り落ちるだけ落ちて、ようやく平らな面で止まった。すると、赤井はエンジンをふかしてスピードを上げた。しばらく草原を走ると、林の中に道が見えた。赤井はその道に突っ込んでいった。まばらな雑木林の中を車は猛スピードで走り、さらにこんもりと茂った森の中に入った。

二時間ほど走り続けた車は、ようやく空き地で停車した。弥生は荒い呼吸をしていた。

「怪我はないですか?」

「赤井さんがあんな荒い運転をするなんて……」

弥生も赤井の運転に驚いていた。

小休止したあと、太田達は先を急いだ。車は急な坂道を登っていく。斜面につくられた細い道は、砂利の多い道だった。追手を逃れるため車はさらに速度を上げる。林が道をおおっているのだが、木がまばらになり車の右手は何もないようである。車の幅ギリギリの坂道を車は速度を上げ、砂利を弾き飛ばして登っていった。

弥生が声にならない悲鳴を上げた。太田が右を見ると、急な斜面にまばらに木が生えていて、斜面の下は何も見えない。タイヤはその道の端ぎりぎりを走っているので、滑り落ちる危険もあったのだ。

坂道を登り切ると、林の木々の隙間にすっぽりと空間が抜け、ウルムチの街が遠くに見えていた。

森の中は、原生林のように大木が立ち並んでいて、その下はクマザサの茂みだった。大木の間からは太いツタやカズラが垂れ下がっていた。時に光がなくなり暗くなる所もあり、時に明るい日差しが差し込む場所もあった。人の手もここまでは入っておらず、人と会うこともなかった。

「大丈夫かな?」

赤井がつぶやいて、森の中から抜け出そうとした。

すると、森から抜け出る車を探知したのだろうか。大きなアブのような機械が、音を立てて飛び回っていた。それは一機だけではなく、何機も飛び回り、太田達が森から出てくるのを待ち構えていた。

「ドローンだよ。中国警察のドローンだ」

車は猛スピードで走りだした。

監視するように追いかけてくるドローンは、その数をどんどん増やしていく。まるで車は、クマバチの大群に付きまとわれているかのようだった。

彼らの車は再び森の中に飛び込み、猛スピードで枯れ枝を踏みしだきながら走った。時に右に左に方向を変え、追手の目をくらまそうとした。当然のことながら、ドローンは森の中までは入ってこなかった。

一時間ほど走って、車は森から出ようとした。しかし、すぐにまた、ドローンの群れが車の行く手に集まってきた。

「攻撃してこないのかしら?」

弥生が恐ろしそうに言った。

「いや、ドローンには攻撃用の兵器は積んでいない。偵察をし、監視するだけだ」

赤井はそう言うと、ドローンの群れの中に突っ込んでいった。その先は砂地で、砂漠が広がっていた。車の後ろからドローンの群れが追いかけてくる。赤井がハンドルを切りターンすると、砂煙が上がり、砂の粒が辺りに飛び散った。ターンを繰り返すたびに砂煙が立ち込め、ドローンも目標を見失っているようだった。ドローンの群れは車が巻き上げた砂を浴び、ついにはバタバタと墜落していった。


車は砂漠から離れ、国道をひた走りに走っていった。車内の誰もが、荒っぽい運転のため血の気を失っていた。

「どこに向かっているの？　赤井さん」

「空港だ」

「ぐるぐる回っているから、方角がわからなくなったわ。赤井さん、本当に大丈夫なの？」

弥生が心配そうに聞いた。

「弥生さん、あなたに方向なんてそもそもわからないでしょう。私に任せておいてください」

そんなことを赤井は言いながら、国道を猛スピードで走っていく。そして車は広い場所に出た。ウルムチ地窩堡国際空港だった。空港に入った車は、個人の飛行機の発着する滑走路に向かっていった。そして、一台の軽飛行機の横に止まった。弥生も男達もやっとの思いで四輪駆動車から降りて、飛行機の傍に立った。

ところが、一人の男が郭に何やら語りかけ、掛け合っている。男の顔は困り切っていて脂汗を浮かべていた。郭も男に問い質していた。五人は急いで飛行機で飛び立たないといけない。しかし、郭が太田に緊急事態を告げた。

「太田さん、この飛行機の操縦士が、係員に制止されているようなんだ。その男がいないと飛行機は飛べない、困ったよ」

「空港で操縦士が拘束されているだって。やはり警察から連絡が入ったのか。それで代わりの操縦士はいないのか？」

郭は困って言った。

「今からじゃあ、時間がかかるよ。操縦士の代わりってそんなにいないからなあ」

「今、ここを出て、中国から出国しないと、我々も趙さんも捕まってしまうからな。困ったな」

太田が弥生達のほうを振り返ると、弥生が目をキラキラ輝かせて太田を見返した。

「私が飛行機を操縦しましょうか」

「ええっ、君……自動車の運転じゃないんだよ。飛行機だぜ。いくら君でも、それは……」

弥生が言葉を返した。

「私は、飛行機操縦のライセンスを持っているのよ。それに飛行経験もあるし、ちょくちょく休みには飛行機を飛ばしているわ」

すると赤井が口を開いた。

「太田さん、弥生さんは飛行機を操縦できるよ。私は弥生さんが免許を取るために教習所に通っていたことをよく知っている。傍で見ていたから」

太田は困り切ってしまった。今考えられるリスクを挙げてみた。自分が、今、中国の国境近くで死んでしまったら、いや、せっかく救出した趙を墜落事故で死なせてしまったら、その痛手は計り知れないものがある。

太田は腕組みをし、顎に手をかけ考え込んだ。そうこうしているうちに時間がどんどん過ぎていき、中国の警察だって駆けつけてくるだろう。

太田が思案に暮れ四人を振り返ると、皆じっと自分を見つめていた。

太田が一人一人を見ていくと、どの顔にも太田へのある期待が浮かんでいた。

沈黙の時間が続いた。

「何、何ですか!? ……仕方がないでしょう。弥生さんに操縦してもらう他ないでしょう」

「よーし！」

弥生が飛行機の操縦席に乗り込み、他の者も一斉に飛行機に乗り込んだ。

趙も、弥生が飛行機を操縦すると言うので目を丸くして驚いていた。

弥生は操縦席の機器のスイッチを入れ、飛行機の具合を確かめ、機器を忙しく調整する。

「管制塔お願いします。こちらは○○、今から大連に向かって飛行します。許可をお願いします」

管制塔から了解したとの返事があり、滑走路まで飛行機を誘導してくれた。

窓の外では先ほどの男が、緊張して不安そうな顔つきで飛行機を見上げていた。弥生の操縦で軽飛行機は滑走路を走っていきスピードが増すと、グイと機首を上げ離陸し、空に舞い上がった。

眼下に空港の滑走路が広がり、さらに、ウルムチの街が広がり、それがだんだん小さくなった。

弥生は操縦桿を握っているが、緊張している様子は見られない。機内の五人は黙りこくっていた。沈黙が続いていた。

「皆さん、どうなさったのですか。もう警察も追いかけてきませんから、安心してフライトをお楽しみください」

　まず口を切ったのは趙だった。

「皆さん、救ってくださりありがとうございました」

　趙は、皆にお礼を言った。その言葉で他の者の心もほぐれた。太田は言った。

「趙さん、日本に住む鄭さんを知っておられますね」

「ええ、私の伯父になります。鄭さんがどうかしましたか？」

「鄭さんが、私に救出を依頼してこられました。鄭さんとは最近、上海でお会いしました。鄭さんの上海での滞在は短かったので、あまり話もできなかったのですが、いろいろお聞きしました」

「ええ、私も北朝鮮からこんなにうまく救出してくださるとは信じられません。もう、中国国境間近まで連れていかれましたから」

　太田は言った。

「私達は中朝国境の川で核技術者の一行が中国の官憲に囲まれているのを見て、肝を潰しました。よくここまで来れましたね」

　趙が聞いた。

「これからの行動を教えてくださいませんか？」

　太田は、大連まで行き、そこから大型の客船で日本に向かうことを告げた。

太田には、こうして飛行機で飛んでいると思い出される映画があった。太田は弥生に話しかけた。

「弥生さん、よく操縦を習ってくれたね。おかげで私達は、九死に一生を得たよ」

弥生は太田の大げさな言葉にクスリと笑った。

「そうですね。こうして飛び上がると、中国の官憲からやっと自由になれたと思います」

弥生は大空の下、中国の官憲の執拗な束縛から解き放たれ、自由を満喫していた。空はあくまでも青く、眼下にはウイグル自治区の美しい緑の光景が広がっていた。その地上もはるかに下になっていった。

「そうだな。私は、第二次世界大戦中、ドイツの捕虜収容所から逃げ出した二人の捕虜の話を思い出すよ」

赤井が答えた。

「そうだ。私も覚えているよ。二人を乗せた飛行機は地上から高く舞い上がって、アルプスを越えて逃げようとしたなあ」

「あのシーンを見ると、心が躍るね。ナチスに追われた二人はナチスの手の届かない空中にやっと逃れたのだからね。自由になったという感じがしました」

「でも、あの飛行機は故障で不時着してしまいましたね。とんだどんでん返しでした」

弥生もその映画を見ていたのだ。

「よくできた映画だったよ」

「私達も墜落しないようにしなくっちゃ」

「すみません。不吉なことを言ってしまって。どうぞ操縦に専念してください」

飛行機は軽い爆音を轟かせて、山の上を軽々と飛び越えていった。


太田にはもう一つ心残りの悩ましい問題があった。救出した趙以外の核技術者の行き先である。彼らがイランに入るなら、イランの核開発が進むのではないだろうか。太田は自分がもっと頑張って彼らを引き止めるべきだったのではないかと思うのだ。それはＩＡＥＡの職員としての責任感からきていた。イランに核兵器が拡散するなら、いつか核兵器による第三次世界大戦が起こる危険がある。それは、世界の破滅につながるのではないか。太田は自分の任務は核戦争を止めることなのに、一方で聖書の預言による世界の終わりと人類の救済を求めている。そう思うと今回の事態が許せないのだ。

赤井が太田に尋ねた。

「太田さん、何を考えているのですか？」

「イランに向かった核技術者のことです。核技術者を行かせたことは、核戦争を防ぐという自分の任務にもとる行為だなと考えていたのです」

太田は苦い汁を飲まされたような気持ちだった。

「でも、一人の人を奪還したじゃないですか。趙さん、失礼なことを言ったのならごめんなさい。だから太田さん、あなたはよくやったよ」

赤井が太田を励ました。

「うん、赤井さん、ありがとう。そう言ってくれてお礼を言うよ」

飛行機は機首を傾け降下していき、とある飛行場に着陸した。

「給油です」

弥生がそう告げると、全員思わず緊張が解けた。

そこは小さな飛行場で、管制塔も小さなものだった。陸路を車で走るより、飛行機のほうが断然早い。そして、気心の知れた弥生が飛行機を操縦するのだから、それは安心だ。

飛行機は再び飛行場から離陸して舞い上がった。大きな川がうねうね曲がりながら平原を流れているのが見えた。太田が驚いたのは、中国のどこにも大都市が点在していることだ。大きな川沿いには、大都市の建物の塊が、間隔を取って連なっていた。

飛行機は二度目の給油のため小さな飛行場に立ち寄ったあと、大連空港に着陸した。

だが、空港には中国警察が待ち構えていた。黒塗りの乗用車が近づき飛行機の横に停車した。警察官らしい男達が車から出て乗り込んできた。

「ウルムチから飛んできた飛行機だな。向こうで重大な事件があったので、お前達を署に連行する」

操縦していた男は慌てて言った。

「いや、私達はそんなことは知らない。そんな事件とは関わりがない」

「お前達の飛行機はずっと監視されていた。そして、この大連空港に来ることはわかっていたのだ。乗客はこれだけか」

「そうです。この二人だけです」

「女もいただろう」

「いや、私達は何も知りません。前の空港で、操縦を交替して、私達がこの飛行機を大連に飛ばせてきたのです」

警官は舌打ちすると携帯電話を取り出し、どこかに電話をかけ話し始めた。

太田達五人は、大連の前に燃料を補給した空港で飛行機を降り、目立たないように空港を抜け出た。そこからは車に乗り、陸路で大連に向かった。飛行機のほうが車より格段に速いのだが、中国警察に気づかれ先回りして待ち伏せされる恐れがあったのだ。

赤井の運転で、国道をひたすら大連に向かって走った。途中でさらに車を乗り換え、大連港の事務所の前に車は停まった。事務所には日本領事館の事務官が待ってい て、趙を引き取り、別室に連れていった。領事館に引き渡せば一安心ということで、残りの四人は宿舎に向かった。宿舎に着くと、日本の鄭からメッセージが届いていた。太田は定期的に連絡を取り、起こっていることの一部始終を鄭に伝えていた。

北朝鮮からの避難民は大連港で大型の客船に乗り込み、日本へ向かうはずだった。多くの難民が乗り込んでいくのだが、趙については中国の出国事務所からなかなか許可が下りなかった。

大連港には、中朝国境から脱出した多くの北朝鮮人が列車や他の手段で運ばれて集結していた。皆、着の身着のままで、ほとんどが小さな手荷物しか持っていなかった。

日本への客船の出港時間になった。趙は乗船デッキの階段に足をかけながら、中国の許可を待っていた。北朝鮮人の周りには中国の警官が周回していて、趙も太田達も生きた心地がしなかったが、そこにいる北朝鮮人は誰もが、同じ負い目のようなものを持っていたのだ。船の汽笛が鳴り、出港の合図を告げた。日本領事館の係官が白い書類の用紙を高々と掲げ、趙のもとに近づき、出国管理事務所の事務員に書類を見せると、趙は乗船を許され、デッキを上っていった。

趙達、北朝鮮を出国した避難民は、京都府北部の港に着いた。港から京都府の中央部に南下し、宿泊施設に入った。人数が多くなるので、そこから日本の各地に送られるはずだが、趙達は京都府の中央部の町の施設に落ち着くことができた。

6

太田達は、趙を日本に送り出したあと、それぞれの仕事に戻っていった。

それから二週間が経ち、太田と田原弥生と赤井は、大阪で再会した。それまで太田は、中朝国境で北朝鮮に入国する時を待ち準備していた。弥生と赤井は北朝鮮から避難して国境を越えてくる人々の世話と移送に忙しくしていた。三人は、日本の京都府にある収容施設の趙を訪ねることにし、大阪市に集まったのである。

再会してみると、弥生には太田が何かを心配しているのがわかった。弥生に促されて太田は言った。

「北朝鮮の核技術者達は、国を脱出して中東のイランに行きましたね。一人は、日本に来てくれたのですが……。北朝鮮の核技術者がイランに行ったことが悔やまれてならないのです。そのことが、核戦争につながり、聖書の預言に当てはまるのではと思うのです。聖書の預言を見てくださいますか？」

太田はカバンから聖書を取り出した。

「田原さんも聖書を持っていたら、開いてみてくださいますか」

弥生もバッグから小型の聖書を出し、赤井のほうに開いて見せた。

「旧約聖書のエゼキエル書三十八章の一節にはこのように書かれています」

太田は声を出してエゼキエル書を読み始めた。


次のような**主**のことばが私にあった。

「人の子よ。メシェクとトバルの大首長である、マゴグの地のゴグに顔を向け、彼に預言せよ。

『**神**である主はこう言われる。

メシェクとトバルの大首長であるゴグよ。今、わたしはおまえを敵とする。わたしはおまえを引き回し、おまえのあごに鉤《かぎ》をかけ、おまえと、おまえの全軍勢を出陣させる。それはみな完全に武装した馬や騎兵、大盾と盾を持ち、みな剣を取る大集団だ。ペルシアとクシュとプテも彼らとともにいて、みな盾を持ち、かぶとを着けている。ゴメルとそのすべての軍隊、北の果てのベテ・トガルマとそのすべての軍隊、それに多くの国々の民がおまえとともにいる。備えをせよ。おまえも、おまえのもとに召集された全集団も構えよ。おまえは彼らを統率せよ。

多くの日が過ぎて、おまえは徴集され、多くの年月の後、おまえは、一つの国に侵入する。そこは剣から立ち直り、多くの国々の民の中から、久しく廃墟であったイスラエルの山々に集められた者たちの国である。その民は国々の民の中から導き出され、みな安らかに住んでいる。

おまえは嵐のように攻め上り、おまえと、おまえの全部隊、それに、おまえにつく多くの国々の民は、地をおおう雲のようになる』――」

（エゼキエル書三十八章一節～九節）


「この聖書の預言では、聖書の主なる舞台であるイスラエルの国を、攻める国々があると言っています。その国の中に、ペルシア、今のイランがあり、その先頭に立つ国が北方の国だと言っています。

詳しく見てみますと、イスラエルを攻めるのは、メシャクとトバルの大首長であるマゴグの地のゴグとあります。メシャクというのはロシアのモスクワを指し、トバルというのはシベリアのドボルスクか黒海の南西岸に住むチバレニと呼ばれる民族で、ロシアかＣＩＳ（独立国家共同体）の国に住むので、ロシアが指導者と考えられます。ということで、ロシアが先頭に立って中東のイスラエルを攻めるという預言です。

ロシアが同盟を組む国の一つがペルシアという国で、これはイランの以前の国名です。それにクシュといわれているエチオピアと、プテと呼ばれるリビアも同盟を組みイスラエルを攻めます。イランは歴史も長く、今からおよそ三千年前にも聖書にその名が出てきます。

イランは、核開発を進め他の国々から非難を受けていますが、今、イランが核兵器を持てば、中東地域の力の均衡は崩れます。イランは地域の大国で、イラク、シリア、レバノン、パレスチナのガザ地区に影響力を持っています。レバノンのヒズボラというイラン系の武装組織と、ガザ地区のハマスという武装組織はイランの影響下にあります。今、ハマスはイスラエルにロケット弾を打ち込みイスラエルから報復を受けていますが、イランが核兵器を開発したなら、将来、ガザ地区やシリアから核兵器の攻撃を受ける恐れがあります。

イスラエルが核兵器をイランに使うなら、ロシアも黙ってはいないでしょう。ロシアが攻撃すれば、米国も対抗して攻撃して、世界が核戦争を始める危険があります。この預言に書かれているのは、世界の終末の時に、ロシアとイランとイスラエル、その後ろ盾の米国との大戦争が起こるということです。それは、第三次世界大戦と呼んでもよいですし、世界は取り返しのつかない戦争に突入し、滅びてしまうのです。それは今の世界情勢から言うと、ロシア、中国対、米国、ＥＵなど、大国同士の戦いです。そして、それは、核戦争に発展するのです」

弥生も赤井も黙って聞いていた。彼らも今回の行動を通して、核戦争の脅威を感じているのである。聖書の預言が、イランとイスラエルの対立を通して成就する恐れがある。

今、中東ではイスラエルが核兵器を持っている。それ故、北朝鮮が核武装した今、中東の国も核武装ができるのである。世界は、さらに自らを破滅させる道に進もうとしている。

「といっても、私は核戦争には絶対反対です。聖書は核戦争による世の終わりを預言していています。けれど神は愛をもってその時を延ばしてくださいます。そして延ばしてくださるのは、私達の行動しだいなのです。そこに私の仕事の意味があります」

米国の原子力科学者会報が発表する「世界終末時計」は、午前の零時。「その時」に近づいている。弥生は「その時」が近づいていることを、これほど感じたことはなかった。

7

京都府の中央部は穏やかな所である。気候も温暖で、冬の北風は中央部を囲む山が防いでくれる。そのまわりの県の険しい山と違い、丸く柔らかな形の山なのである。そのような温暖な気候の地に、北朝鮮からの避難民の収容施設はあった。趙が日本に来てから、北朝鮮からの避難民は増えている。彼らも日本の各地に避難していったり、韓国に戻ったりするのだろう。

この日、趙の脱出に関わった太田、弥生、赤井の三人の他に、大阪市から、趙の伯父の鄭もやって来て一緒に趙に会うことになっていた。

収容施設に着くと待合室に案内された。鄭もすぐに収容施設にやって来た。皆、穏やかな笑みを浮かべ、趙に会えることを楽しみにしていた。四人は面会室の部屋に招かれた。趙が入ってきた。まだ表情が硬い。鄭は趙を見るだけで胸がいっぱいになって感動している様子だった。

「趙さん、いかがですか？　日本の生活に慣れて落ち着かれましたか？」

「太田さん、ありがとうございます。北朝鮮での生活とのギャップで落ち着かず、今でも夢の中を歩いているような気持ちがしています」

するとが何とも言えない表情で趙を見ながら言った。

「趙さん、私はあなたのお父さんの兄の鄭です。甥のあなたに会うことができて嬉しいです」

「伯父さん、あなたのことは父や母から聞いていました。その後、このような形で、日本でお会いできるとは、感無量です」

鄭には言いたいことがたくさんあるのだが、それが言葉となって出てこなかった。

「趙、北朝鮮の人のグループから連れ出して、こんな遠い日本まで連れてきてよかったのかい？　お前にとってこのような方法が、本当によかったんだろうか？」

「伯父さん、そんなことはありません。私は正直なところ、中東のイランなどには行きたくなかったのです。日本にいるから本当のことを言えるのですが……。

私は国から核技術者として教育を受け、身分の上でも厚遇されていました。でも、核兵器開発の仕事をやればやるほど、嫌気が差してきたのです。この資金を他の政策に回わせないのかと、いつも考えていました。自分の仕事と国民の幸福は全く相容れないように思えてなりませんでした。

イランに行くのは、また新しい核爆弾を作るためで、それは人を不幸に落とし入れることです。紛争に火種を放り込むようなものです。いくら、国策に従事して高額な報酬があるとはいえ、もうこのような仕事を離れたいという気持ちがいつもあったのです」

　趙が自分の思いの丈を語ってくれたので、鄭は安心したようだった。

「そう言ってくれて、私も安心したよ。互いに直に連絡が取れないもので、これが本当に正しい道なのかと、私には疑問がいつもあったのだ。けれども、北朝鮮が騒乱状態になり、お前がイランに送られると聞いて、取り返しのつかない事態に陥る前に、これは何とかしなければと思っていたのだよ」

　趙は、鄭にお礼を言い、弥生や赤井にもお礼を言った。

　鄭は自分が聞きたくてたまらなかったことを言った。

「それで、お父さん、お母さんは元気なのか？」

　趙は答えた。

「はい、二人は元気です。年を取ってはいますが、二人とも元気に働いています。生活も苦しいのですが大丈夫です」

「しかし、国があんな状態では二人に身の危険はないのか？」

　趙の表情が曇った。

「今は、互いが武器を持ち戦い合っている状態ですから、危険もありますし、戦乱に巻き込まれる恐れもあります。それに北朝鮮の体制が悪く変わっていくかもしれません」

「じゃあ、お父さん、お母さんも国外に出たほうが良いのだろうか？　この日本に来たほうが良いのだろうか？」

「多分、そうでしょうね」

鄭の頭が忙しく働きだし、趙の両親の国外脱出の手段を考えているようだった。


京都からの帰りの車中で、鄭と太田達は趙の今後について話をした。趙の特殊で高度な技能からすると、日本でも職はあるだろう。けれど鄭は、趙を自分のもとに引き取り、仕事を探してやりたいようだった。

鄭から託された太田達のミッションは、ここで一つの区切りがついた。けれども太田の働きからすると、その後に課題を残しているのだ。それは核兵器の拡散の問題である。

米国が核実験を行い、広島と長崎に原爆を投下して以来、核兵器は世界中に広がっていった。近年、パキスタンに、そして、北朝鮮に核兵器は広がっていき、そのたびに、相対する国に対して、米国に対して、敵意が増し、戦争の脅威が起こってきた。

核兵器が開発されて以降、世界は破滅の恐怖と戦っている。誰にも核兵器が地球に害を与えることはわかっているのだが、核軍縮の動きが出てくると、逆に核戦争の脅威が増し、核兵器を持とうとする国が出てくるのだ。

太田は核の拡散を防ぐために働いているのだが、今、中東に核兵器の広がる道ができてしまったことに、無念な思いがするのだ。

イランに北朝鮮の核技術者が入れば、イランの核兵器の開発は進む。中東の一方の地域大国であるイランが核兵器開発を進めていけば、もう一方の地域大国であるイスラエルも対抗してくる。

イスラエルは核兵器を所有しているので、中東において優位性を保っていた。イスラエルは、イランの核兵器開発の妨害をするだろう。イランが核兵器を持つなら、隣国のサウジアラビアに飛び火して、サウジアラビアも核兵器を持とうとするだろう。中東でも核武装の競争となり、戦争の危機が限りなく高まる。それは、中東のみならず、世界中に影響を与えていく。

次の戦争の火種は、原油のエネルギーを持つ中東にある。ロシアや中国は、アメリカが身を引いていった中東に入り込み、影響力を持とうとしている。

北朝鮮の核技術者が、イランに秘密に潜入したことは、核戦争の脅威を増すことになるのである。

太田は聖書の預言の通り、核戦争に世界は向かうのかと思うと、暗澹たる思いに陥ってしまうのだった

第二部　幻を見る人

1

それより少し前、東京でのことだった。

ホールでコンサートが行われていた。曲目は、ヨハン・セバスチャン・バッハの「フーガの技法」である。

活発でいきいきとした音楽がピアノから流れている。次から次へと流れていく音の列は、華やかで豪華さや力強さを表している。しかし、その陰に何かしら空虚な響きがある。あたかも現代文明の栄華のようだ。続いて、静かで荘厳な楽曲が流れ、美しく清冽な音で、その曲は終わった。

「バッハ『フーガの技法』と聖書」というコンサートを田倉《たのくら》は主催した。田倉は講師として、「フーガの技法」と聖書の中の詩篇の関わりを説明し、友人のピアニストが「フーガの技法」全曲を演奏した。

演奏会が終わり会館を出ると、田倉に若い女性が声をかけてきた。

「田倉さん、ありがとうございました。田倉さんの解説を聞いて、『フーガの技法』を聴くと詩篇の内容が目に浮かぶようです。今回はまじめに詩篇に目を通してきたのですよ。こんな曲を書くとはバッハは天才ですね」

木村という若い女性は、音楽を聴いて感動すると「天才です」と言う癖がある。田倉も自分の気に入っている曲について語った。

「バッハの『フーガの技法』で私が興味があるのは、詩篇の二篇に対応するといわれている第二曲です」

なぜ国々は騒ぎ立ち
もろもろの国民は空しいことを企むのか。
なぜ　地の王たちは立ち構え
君主たちは相ともに集まるのか。
主と　主に油注がれた者に対して。
さあ　彼らのかせを打ち砕き
彼らの綱を解き捨てよう。
（詩篇二篇一〜三節）

「私はこの詩篇全体が好きなこともあり、対応する第二曲を聴いていると興味が尽きないのですよ。木村さんはこの箇所を覚えておられますか？」

「そう、そう。私もその箇所を田倉さんに言いたかったのですよ。目を瞑って曲を聴いていると、ほら国々が忙しく活動していたり、軍隊が進軍してきたりするのです」

木村は長いまつげの瞳を閉じて、うっとりとして瞑想するのだった。

「ほら、何か人々が活発に動いていますよ。何かが飛び上がった」

木村はやおら目を開いて言った。

「でも、この頃、国際関係が物騒なので、まさにこの『フーガの技法』の描いた世界、いや詩篇第二篇の描く世界ですよね」

「そうだね、世界がきな臭いよね。でも日本に住んでいると、やはり平和だと思うよ」

すると木村は話題を変えて、言った。

「私はこの箇所も好きなんですよ。詩篇第八篇です」

あなたの指のわざである　あなたの天
あなたが整えられた月や星を見るに
人とは何ものなのでしょう。
あなたが心に留められるとは。
人の子とはいったい何ものなのでしょう。
あなたが顧みてくださるとは。

（詩篇八篇三〜四節）

女性らしい、美しい詩篇を木村は取り上げた。再び、木村は瞑想に耽っているようだ。会話が途絶えて、田倉もふと詩篇第八篇の世界を想像してしまうのである。

「それで、この曲を聴いて、木村さんはどんな光景を思い浮かべるのですか？」

「目を閉じると、目の前にサーッと暗い夜空が広がっていて、そして星空が恐ろしいくらい目について、浮かんでくるんです」

「しかし、スケールの大きな話だね。いや、こうして話をしてみると、想像力が膨らんでくるよ。木村さん、他に想像して浮かんでくることってないかい？」

「いやあ……、もうありませんよ。でも、音楽を聴いていると、また湧き上がってきます」

「そうだな。木村さんのインスピレーションの中で、この世界に平和をもたらす真理のようなものが出てこないかな」

木村はちらっと田倉の顔を見て、呆れたような顔をした。田倉は、少し非常識なことを言ったと思った。

「では、田倉さん、ゆっくりと家でお休みください」

木村が会釈をして別れようとすると、少し離れて立っていた外国人の男が二人に近寄ってきた。

「田倉さん、今日の演奏会、ありがとうございました。バッハの美しい音楽を聴いていますと心に染み渡りますな。それに響きが神秘的で、私は研究者でもないのですが、興味をそそられます」

「演奏を聞いてくださり、ありがとうございます」

「私はロガノフと言います。日本で輸入商社に勤めています。北の国のロシアでもバッハは人気があります。田倉さんはロシアの演奏家など、お聴きになったことがおありですか？」

「それはもう、リヒテル、タチャーナ・ニコラーエワなどはよく聞きます。リヒテルの『平均律クラヴィーア曲集』などは学生時代からよく聞いたものです」

「私も今までバッハを聴いてきましたが、実に膨大な量の作品をバッハは書いたものです。カンタータ、器楽ソナタ、それぞれにドラマがあり、感動する要素があり、バッハというのは一つの奇跡ですな。『フーガの技法』ですがね、これが私には捉え所がありませんので、時に私には不安や恐れを引き起こさせるような類の音楽なのです。

それが、今日の田倉さんの話を聞くと、曲に隠されたテキストがあるとのことです。それからまた興味が出てきましてね。それで今日は立派な演奏を聴かせていただき、感謝のしようがありません。

どうでしょうか。今からご一緒に食事でも行きませんか？『フーガの技法』の面白い話を、聞いていただくことができるかもしれませんよ」

「フーガの技法」の新しい話と聞いて、ロガノフと食事をしてもよいと田倉は思った。木村は、挨拶を交わすと帰っていった。

田倉とロガノフの二人は、レストランで軽い夕食を取った。ロガノフは話題が豊富で、様々な国の興味深い話を聞かせてくれた。とりわけ、バッハの話を聞かせてくれたのが田倉には嬉しかった。

「田倉さんは、『フーガの技法』を聴いて、どんな想像力を働かせますか？」

「やはり、テキストの聖書のほうですね。文章の意味から想像力が働いていきますし、そこで人間の力、権力の大きさを感じます。一方でその限界や、人間の高慢さやその愚かしさまでバッハは音楽で表現しているように思うのです」

「先ほど、女性と話しておられた詩篇の第二篇ですよね。『なぜ国々は騒ぎ立ち』ですね。いや失礼しました。つい、お二人の話に興味を持ち、聞き耳を立ててしまいました」

田倉は少し嫌な感じがした。ロガノフは続けて言った。

「田倉さん、音楽を聴いていて、具体的な映像が浮かんできたりすることはありませんか？」

「うーん、そのようなことはないですね。ひょっとして夢の中ならあるかもしれません。それにしても、バッハというのは『フーガの技法』によって、聖書の詩篇の解釈をまた広げてくれたのですね」

「そうですね。バッハの楽譜が出てきたことは、一大センセーションを引き起こしたことでしょう」

「私はこのような、『フーガの技法』体験を他の曲でもできないものかと思うのです」

「………」

「近代音楽では、ムソルグスキーの『展覧会の絵』などもそうかもしれませんね。ほらあの陰鬱なユダヤのイメージ、見事に描かれていますよね」

「ムソルグスキーという人は謎ですね。しかし、ロシア国民学派の音楽というのは本当に魅力的ですね。アジア的な部分を含んでいて、そこに謎があるように思います」

「そうそう田倉さん、あなたはクリスチャンであるなら、新約聖書のヨハネの黙示録は読んでおられますよね？」

ヨハネの黙示録こそ、神の黙示、啓示であり、神秘である。田倉はその難解さに敬遠しているところがある。

「そのヨハネの黙示録を基に、バッハが作曲した曲があるという噂をお聞きになったことはおありですか？」

「えっ……それは、ありません」

「そうですか。これは専門家の中だけで伝えられている噂で、真実かどうかは定かではありません」

「へぇー。しかし、それが本当なら興味はありますが……」

田倉は、このロガノフという男がうさん臭く思われてきたし、思わぬペテンにかけられそうな気もしてきた。ロガノフももちろんその気配を感じ取ったし、そう思われることを避けようとしていた。

「バッハの『マタイ受難曲』にしても、ほら『無伴奏チェロ組曲』にしても、ずっと埋もれていて、長い間日の目を見なかったのですからね。どこかに、バッハ作曲の『ヨハネの黙示録』があってもおかしくないかなと思います」

「そう言えば、長い西洋音楽の歴史の中で、聖書の各書物から音楽が書かれているかもしれませんね」

「そうでしょう。『ヨハネの黙示録』くらい、興味深い、興味の尽きない書物はありません。いや、その解説を書こうとするなら、世界中の紙を使い尽くすかもしれませんね」

「バッハの『フーガの技法』が、聖書を密かに再現してくれたように、もしもバッハ版『ヨハネの黙示録』があるなら、興味深いものですね。うーん……」

と、田倉はその場で考え込んでしまった。

「田倉さん、長い時間お付き合いくださり、ありがとうございました。田倉さんの楽しい講義と、美しい演奏、そしてバッハの話、楽しかったです。日本で音楽的にこんな深い話をするのは、私にとって久しぶりでした。『ヨハネの黙示録』についてはまた改めてお話ししたいので、電話をさせていただいてよろしいですか?」

「ええ、それはいいですよ」

初対面のロガノフがぐいぐいと胸の内に近づいてくるので、田倉は距離を置きたいと思う気持ちになった。それにしてもロガノフは電話をしてくるとのことだった。単なる社交辞令かもしれないが、この人物の詳細を知らないので、少し危険な気もするのだった。

ロガノフは親しそうな笑みを浮かべて去っていった。

田倉にしてみれば、音楽の話なので危険なことは何もないのである。田倉の内で興味のほうが警戒心を上回った。田倉は家に帰り、インターネットで、「バッハ」と「ヨハネの黙示録」を検索にかけてみた。思った通り、有効な記事は出てこなかった。

数日して、ロガノフから電話がかかってきて、会いたいとのことだった。指定された喫茶店に行くと、ロガノフが待っていた。

「田倉さん、忙しいのに呼び出しまして申し訳ありません」

「いえ、構いませんよ。それでご用件は何でしょうか？」

「バッハの音楽のことなのですが、田倉さんも音楽の研究をなさっていますね。先日のコンサートも興味深かったです。それで、バッハと聖書の神秘的な関わりについて、この前も話を少しさせていただきました。どうも、バッハが曲を書いた『ヨハネの黙示録』があるようなのです。いやそこまで言うと言い過ぎですが、何か証拠がありそうなんです」

「……『ヨハネの黙示録』ね……」

田倉は意識を集中してロガノフの次の言葉を待った。

「バッハが生まれたアイゼナハや、バッハがカントール（音楽監督）を務めたライプチヒの聖トーマス教会ゆかりのバッハハウス（バッハ博物館）、あるいは街の中に、探せば証拠があるかもしれないのです」

「ロガノフさん、でも、その『ヨハネの黙示録』を発見したとしても、何か良いことがあるのでしょうか？　それは貴重な発見ですが、それもバッハを研究する音楽学者の間だけの話なのではありませんか？」

「聖書を読んでみてください。その中には預言が数多く語られています。『ヨハネの黙示録』は黙示ですから、聖書の言葉から何とでも解釈できるという側面があるのです。いやこれは不敬虔極まりない言葉でした。しかし、その預言が当たれば、これはすごいことになりますよ」

「詩篇と『フーガの技法』だって、聖書の預言とも関わっているようですよ」

「そうですね。聖書は預言の宝庫なので、今まで廃れずに残っていたのではないでしょうか。私は、現在の時事問題に、『ヨハネの黙示録』から光を当てていくことに実は興味があるのです」

田倉はそれにしても現在の時事問題の解明ができたとして、このロガノフと何の関わりがあるのかと思うのである。

「田倉さん、これは興味深いですよ。一週間ほどの旅行で結果は出ると思うのです。この旅行で『バッハの黙示録』について何かわかるか、楽譜を見つけることができるのではないでしょうか。そしたら、これはあなたと私の研究の成果ということになります。新聞だって興味を持ち、触手を伸ばしてきますよ」

田倉も新聞社なら知り合いがいる。本当に重大な記事なら、必ずメディアも関心を持つはずである。田倉は大学で職を持っていた。今は大学のオフシーズンなので、少し時間のゆとりはある。

「ロガノフさん、あなたはどうなのですか。お仕事は?」

「いや、実はこのことは私の仕事にも関係があるのですよ。自分の事業なので、ここから何かビジネスが生まれるかもしれません」

田倉は肝心なことを聞きたかった。

「それで、どこに行くのですか？」

「ドイツとロシアです。ロシアに行かれたことはありますか？」

「………」

田倉はロシアかと思った。この時期、ロシアと欧米の国々の関係が悪くなっていた。今は、なかなか観光でロシアに行く者も少ないだろう。

「音楽を研究しておられるのでドイツは行かれることはあると思うのですが、やはりロシアは旅行先としては難しいのですか？」

「ロシアのどこですか？」

「ロシアについては、まだわかりません。ドイツは、ライプチヒとアイゼナハです。いや、私にお任せください。私にはドイツにもロシアにも、つてはあるのです。あなたを危険な目には遭わせません」

ロガノフは、しばらく検討する時間を設けるので、考えて欲しいと言った。そして二人は別れた。田倉の場合、家族に言えばそれくらいの旅行もできるのである。仕事柄、バッハについてはまだまだ知りたいことがあり、この旅行でさらに見聞が深まるとしたら、それはそれで良い。

田倉は、新聞社の友人に電話をした。一人では不安もあるので、同行者を探してもらうのである。新聞社なら身元は確かで、少し保証になるかと思った。

ロガノフも、海外旅行になるのでさすがに時間をくれたようである。しばらくの間、連絡がなかった。

新聞社の友人は仕事柄手配が早く、一週間ほどして同行する記者の候補を挙げてくれた。さっそく彼らと会う手はずができて、喫茶店で会うことになった。一人はまだ若い女性の記者だった。もう一人の男性は年上で、コンビを組んで旅行に来てくれるらしい。

喫茶店で、二人の記者が自己紹介をした。

「東京スポーツ新聞の野上と言います。よろしくお願いします」

「同じく東京スポーツ新聞の小川雅音《かのん》です。このたびは取材旅行に呼んでくださり、ありがとうございます。もう私は率先して手を挙げ、頼みに頼んで入れていただきました」

「そう言えば〈小川〉さんの苗字、ドイツ語で言うとまさに〈バッハ（bach）〉ですね」

「偶然ですね。名前はフーガではありませんが〈カノン〉です」

この女性記者は面白いことを言う。

「今回の主題が『ヨハネの黙示録』とバッハということで、何か良い取材になるのではないかと編集部でも言っていました」

「というと、どういうことで？」

「聖書の『ヨハネの黙示録』と言いますと、欧米では何かと引用されます。特に世界の終末に関して引用することが多いようです。きな臭い雰囲気を感じる昨今、この主題は皆さんの興味を引くのではないかと思うのです」

「そう言っていただくと、無理を言って来てもらう甲斐があります」

　女性は、聡明で活発な感じがした。今回の旅行は、野外に出ることもあるかもしれない。どのような展開になるかわからないので、活動的で、体力がないと苦しいのではないかと思った。そして、女性記者一人では何かと不具合なので、男性の野上がついてくることになったのだ。野上は身長もあり、がっしりとした体格で頼りになりそうである。

「小川さんは外国語大学出身ですか？」

「私は上野外大ドイツ語学科卒業です」

「ほう、英語学科じゃないのですね。今回はバッハなので、それはちょうどいいですね」

「こちらの野上は、実は私の先輩でして、同じく上野外大のインドネシア語学科の出身です」

「ほう、同じ大学の先輩後輩の仲ですか。これも好都合ですね」

「野上がインドネシア語学科って珍しいでしょう。皆、不思議がるんですよね」

「おい、小川、余計なことしゃべるんじゃないよ」

「あら、先輩、どうも失礼しました。でもね、先輩は東京スポット新聞に入るためにそれはもう、勉強したらしいですよ」

このようなやり取りをしながら、田倉は今回の旅が、文化の香り高い旅になるような気がして、楽しみになってきた。

ロガノフに連絡を取り、三人のメンバーが揃いそうなことを伝えると、すぐに旅行の手はずを整えるという返事だった。その言葉通り、年が明けるとすぐに旅行の日程なども知らせてきた。ロガノフは確かに、その道でも手腕が優れていることがわかった。新聞社の小川と野上に旅行の日程を伝えると、こちらも問題なく、ドイツ、ロシアへの取材旅行が決まったのである。

2

ドイツへ出立の朝、三人は国際空港で待ち合わせをした。ロガノフもやって来た。空港には緊張感が漂っていた。というのも国際情勢が急転して、ヨーロッパに戦雲の兆しが出てきたのである。近年不安定だったのは東アジアのほうであった。日本領海への不法侵入事件が相次ぎ、中国と台湾間の緊張もあった。田倉が元外交官の講演会に行くと、近いうちに中国と台湾に戦争が起こる確率が高いと言っていた。また、恐ろしいことに日本の核武装の可能性についても語っていた。田倉にしてみれば聞きたくもない嫌な話題だが、日本の核武装はあるということだった。

中国の軍備拡張が急速かつ着実に進み、東アジアに緊張が走っていた。

その頃、ヨーロッパではロシアとＮＡＴＯの間に緊張があった。ロシアとの国境沿いにＮＡＴＯがミサイル配備を進めることにロシアは反発して警告を発し、ミサイルの防御網についても抗議していた。

原子力科学者会報が発表する「世界終末時計」は、終末百秒前を三年連続で指していた。実際、ロシアとＮＡＴＯの間で軍事衝突が起こってもおかしくない状況だった。そこにウクライナ問題が出てきた。ロシアとNATOの前線に、ウクライナが入ってしまったのだ。年末からロシアはウクライナ国境近くで大規模な軍事演習を行い、大量のロシア軍がウクライナとの国境に集結した。これはウクライナに対する重大な脅威となっていた。

そんな状態が何カ月も続いたため、国際空港にも緊張が漂っていたのである。

ドイツまでは十二時間の空の旅だった。飛行機に搭乗後しばらくして、離れた席にいた新聞記者の二人がやって来て、小川が田倉の横の席に座り、その横に野上が座った。田倉が小川達のほうに視線を向けると、小川が話しかけてきた。

「田倉さん、一つお話があるんです。私がこの取材に同行した理由です」

ここで小川は言葉を切って、田倉を見た。田倉はその一途な視線を受けて、その理由について考えを巡らすのだが、思考が今の状況についてこないのである。小川がこの取材に志願した理由を聞いた覚えはないのだが。

「ああそれは、小川さんがバッハをお好きだからですね?」

「いえ、実は私は、先生と同じクリスチャンで教会に行っているんです。先生がクリスチャンであることは、先生のご本から存じ上げています。それで『ヨハネの黙示録』と聞いて、この業界で『ヨハネの黙示録』を取り上げるなどめったにないことだ、ぜひやらせていただきたいと思ったのです。教会の礼拝でも、時に『ヨハネの黙示録』

は取り上げられるのです。私には難しいなぁと思うのですが、昨今の情勢を見ますと、世界の終わりということを意識してしまうのです」

「もし差し支えなかったら、行っている教会の名前を教えてくださいませんか」

「新宿希望教会です」

「ああ、そうですか。こうして小川さんがクリスチャンと聞いて、私も嬉しいですよ。バッハと『ヨハネの黙示録』、確かに信仰面で期待できますよね。ただね、ロガノフさんという人が私にはまだわかりかねるところがありますので、旅行のアレンジをお願いしてこう言うのは申し訳ありませんが、ロガノフさんに注意は必要ですね」

「ロガノフさんも、よくこんな情報を持ってきたものですね」

「うーん、その情報源がどこかというのも確かめないといけませんね」

田倉もそのことが、気がかりなところなのである。単に音楽のことだけなら、何の危険も問題もないのだが、わざわざ田倉に声をかけてきたところが、どうにも気にかかるのである。

「それで……野上さんは？」

「いえ、野上さんは、先生とお話するのについてきてもらっただけです」

するると、野上が口を開いた。

「バッハと『ヨハネの黙示録』という主題は、記者にとって万に一つ記事になるかどうかというところです。田倉さんには失礼ですが、記者として万に一つ何かあって記事をものにすることができるかもしれないと思って、同行させてもらったのです」

田倉は、新聞記者の優秀さを感じるのである。

小川達が席を立ち離れていったので、田倉は長い旅の眠りについた。


飛行機はドイツのフランクフルトに着き、そこで四人で買い出しに出かけたのだが、町には中東の人間が目についた。もう夜も更けていたのだが、町は明るくあちこちに人の集団があった。田倉の横では、警官が女性のグループと話をしていた。穏やかな雰囲気だったのだが、突然警官は一人の女性を後ろ手にねじ上げ、手錠をかけたのには驚いた。治安は思ったより悪いようだった。

フランクフルトから飛行機でライプチヒに向かった。ライプチヒのホテルは、聖トーマス教会の傍だった。バッハがカントール（音楽監督）を務めた歴史ある教会である。メンデルスゾーンも同じくカントールを務めた。かつて、指揮者のカール・リヒターがこの教会で学んだことでも有名である。リヒターは、ミュンヘンに移り、ミュンヘンバッハ管弦楽団と合唱団を組織し、素晴らしいバッハ作品の録音を残した。

翌朝、田倉達日本人三人は、ホテルのロビーで待ち合わせ朝の散歩に出かけた。ホテルを出ると、すぐ目の前の聖トーマス教会には、朝日が差していた。朝日を浴びて、ヨハン・セバスチャン・バッハの大きな銅像がそびえていた。あの「マタイ受難曲」のように、「フーガの技法」のように、厳然とバッハは立っていた。三人は、バッハの謎にこれから挑むのである。膨大な数の楽曲を作り、教会で毎週カンタータを演奏し、それまでの音楽の流れをまとめ頂点に達したバッハは、頑としてそこに立っていた。

三人は朝日に輝くバッハの銅像の前に、しばらく立ちすくんでいた。

地理的に便利なことに、ホテルの近くにバッハハウス（バッハ博物館）があった。バッハハウスではバッハの音楽を理解しやすいように展示してあり、三人には興味が尽きなかった。

田倉はいきいきとして、展示を見て回った。

ところが、小川は出だしでつまずいてしまった。置いてあった古いピアノに思わず近づいて覗き込むと、バッハハウスの守衛がすぐにやって来て、小川に何かドイツ語で言い、制止したのである。守衛の服装は紺色で古めかしく、旧東ドイツの社会主義時代を連想させた。ライプチヒはどこか、暗い権威主義的な印象を与えるのだ。

その日は、バッハハウスの研究員のマイヤー氏に会う予定になっていた。

マイヤー氏は眼鏡をかけた白髪の男性だった。面会の手はずはロガノフがつけてくれていて、挨拶をしてからロガノフはバッハと聖書について質問を始めた。

マイヤー氏は、バッハが「ヨハネの黙示録」に曲をつけたという噂はあったけれども、その楽譜についてはよくわからないとのことだった。

しばらくロガノフと会話のやり取りがあり、マイヤー氏も書庫を探してみることになった。書庫の中でマイヤー氏は、しばらく時間をかけて探していた。

書庫から出てきたマイヤー氏が言うには、バッハの著作リストの中に「ヨハネの黙示録」の項目は、何と、あるという。それで、マイヤー氏はそのリストを手がかりにさらに書庫を探してみるとのことだった。

四人は、はるばるドイツまで来た甲斐があったと喜び、ロガノフの交渉の手腕にも驚いていた。三十分ほどして、マイヤー氏が険しい顔をして書庫から出てきた。

「リストをもとに『ヨハネの黙示録』の楽譜を探しましたが、該当する楽譜のファイルの束の中に『ヨハネの黙示録』の楽譜はありませんでした。楽譜はきちんとナンバリングがしてあるのだが、『ヨハネの黙示録』のナンバーのところだけ抜けているのです」

マイヤー氏は、楽譜のファイルの束を机に置き、ファイルを開いてめくっていった。確かに楽譜はナンバー順にあるのだが、そのナンバーだけ、楽譜が抜けて消えているのだ。四人は顔を見合わせた。何度見てもそのナンバーだけ欠落しているのだ。

マイヤー氏が楽譜を繰りながら説明してくれた。その前後にヨハネの黙示録の楽譜が紛れ込んでいることもなかったと。

　ロガノフが言った。

「マイヤーさん、私達を書庫の中に入れていただき、一緒に探させていただけませんか？」

「いや、それはだめだ。中には貴重な資料があり、そこに部外者を入れるわけにはいかない」

　その後もロガノフとマイヤー氏は押し問答を繰り返したが、らちがあかなかった。

　小川が二人の会話に割って入った。

「私は、日本の東京スポット新聞の記者の小川と言います。こちらは同じく野上です。バッハが『ヨハネの黙示録』の曲をつけていたとするなら、これは大きなニュースです。ですから、私達を書庫の中に入れていただけませんか？」

　マイヤー氏はあっけに取られたような顔をした。若い女性記者が、大胆にも書庫に入れろと言うのだから。この女性は何に興味を持っているのか、本当にバッハのことがわかっているのか、という顔をしていた。マイヤー氏は明確に拒絶した。

　四人が途方に暮れていると、マイヤー氏が一つの提案をした。バッハの生誕地のアイゼナハにもバッハハウスがあるので、そこに行ってみたらいいと言うのである。

四人はもとからアイゼナハの地に行くつもりだったので、すぐに車でそちらに向かうことになった。

ライプチヒからだと、アイゼナハにはフランクフルトの方向に戻ることになる。

アイゼナハは古めかしい建物の並ぶ、小さい町だった。バッハハウスは広場の近くにある小ぢんまりとした建物だった。バッハハウスの入り口には美しい花に囲まれてバッハの銅像があった。しかし、そのバッハの銅像は表面が雨に溶けて緑の筋がいくつも付き、歴史を感じるが古臭い感じもした。

四人は、バッハハウスの中の展示を見て回った。大きな部屋に入ると、見学の生徒が一斉に振り向いて四人を見た。小川は女性記者らしく、愛嬌を振りまきニコニコと笑顔を見せていた。

生徒達は小学生ぐらいの年齢で、赤いほっぺたをして可愛らしかった。若い男の先生が前で何か説明していた。バッハの音楽についてのワークショップをしているようだった。

バッハハウスでは研究員とも面会することができた。やぎひげで黒縁の眼鏡をかけた男性だったが、バッハ作の「ヨハネの黙示録」について聞くと、その存在はにべもなく否定された。なぜそんなものを探すのか、野次馬的な興味から探しているのだろうと思い、男は話す気がしなかったのだろう。

ロガノフがいくら粘り強く研究員に交渉しても、研究員は頑として受けつけず、冷たく眼鏡を光らせて、警官でも呼びかねない雰囲気だった。


バッハハウスを出て、四人はアイゼナハのホテルにチェックインした。四人とも呆然として、足取りもおぼつかない感じだった。部屋に荷物を置くと、小川は一人だけホテルを出てどこかに姿を消した。

しばらくして、田倉の部屋のドアをノックする音がした。戸を開けると小川が立っていた。

「田倉さん、町の路地裏に楽譜屋があったので、今から一緒に来て調べてくれませんか。ひょっとして、バッハ作の『ヨハネの黙示録』の楽譜が見つかるのではないでしょうか」

小川達は野上とロガノフにも声をかけ、四人でその楽譜屋に向かった。

アイゼナハの町は石造りの建物が並ぶ美しい町で、良い印象を持った。

狭い道を歩いていき、小川は左に曲がり路地に入った。すぐそこに楽譜屋はあった。店のガラス戸の中は淡い黄色の照明がついていた。店の本棚は天井まで届くほどの高さで、そこにたくさん楽譜が並んでいた。作曲家順に楽譜が並べられているので、四人はバッハの項目の棚の楽譜を出して調べた。

楽譜の量が多いので調べるのに時間がかかった。管弦楽組曲、ブランデンブルク協奏曲、カンタータとすごい量の楽譜である。四人で手分けして全て見終わった。中には珍しい曲もあるのだが、それでも知られたものばかりだった。

小川が店を出て、別の店を指差した。その店には古い中古の楽譜が並んでいた。またこの店で楽譜を探すのも一苦労なのだが、四人は興味が出てきて店に入り、棚から一つ一つ楽譜を取り出しては探した。楽譜は玉石混淆で、まだ新しいものもあれば、手垢がついて汚れ、裂けたり、破れたりしているものもあった。

そして、田倉はとうとう一つの楽譜で手を止めた。その楽譜には、「バッハ作曲ヨハネの黙示録」とあった。田倉が楽譜をパラパラとめくっていくのを、小川と野上とロガノフが横から覗き込んだ。

楽譜は意外と簡素で、短い分量だった。それでも合奏ができるようにパートに分かれている。田倉はその楽譜を購入することにして、カウンターに行った。この楽譜屋もたくさんの楽譜で埋もれていて、カウンターの後ろにも無造作に楽譜や紙の束が、それでも整然と並べられていた。

田倉がバッハの「ヨハネの黙示録」の楽譜を主人に差し出した。楽譜を見て、主人がピクリと片方の眉をあげたが、それでも無表情に値段を告げた。

「この楽譜はどこで入手したのですか？」

田倉が聞くと、主人はやはりそっけなく、

「古本市で自分が探してきた。ただ、この楽譜については古いし、価値があるかどうかはわからない」

と答えた。

「これは、バッハが作曲したものですか？」

さらに田倉が問うと、主人は鼻を鳴らして笑って言った。

「この楽譜がバッハ作曲なのかどうかは、わからない。もともとバッハのディスコグラフィーにはないでしょう。こんなに古そうだけど、この曲がバッハなのか、それとも偽作なのかは、まあわからない。私にはそれを保証することはできない」

「この曲は市場に出回っているのですか？」

「さぁ、他の店にはないだろう。私もたまたま、古本市で見つけたのであって、それまでこの曲を扱ったことはなかった」

「この曲を作ったグループについて知りたいのですが」

この言葉に主人は身構えて、気色ばみ声を荒らげた。

「あんた達はなんだね。私は研究者じゃないので、あんたの質問には答えられないよ。大学教授でもここにいればよいのだが、そうもいかない」

主人は迷惑そうな顔でそう答えた。一見音楽好きなおじさん風だが、明らかに田倉達を迷惑がっている。

田倉ではだめなので、ロガノフが主人に話しかけた。やはり同じ欧州人で話が通じるようなのだ。主人が気乗りしないようにしぶしぶ答えた。

「今から言うことはあまり言いたくないのだ。微妙な問題でね。私が言ったと言わないで欲しいし、私の店のことを匂わすようなこともやめて欲しいのだ。

この問題はマイナーなことだと思う。あらかじめ断っておきたいのは、この楽譜がバッハが作曲した本物かどうかは、確かでない。偽作である可能性は高いよ。バッハが作曲したというだけで、古本市場では値が桁違いに上がるのだよ。だから、偽造した作品である可能性は高いと思う。私としては、そんなものを置いているのかと、非難を受けそうだがね。

けれども、これにはキリスト教信仰の問題も関わっているのだ。聖書の解釈に関わる問題でね。今から何百年も前に、キリスト信者が集まって聖書を読むグループを作った。そこにリーダーもいたようだ。最初は素朴な人々の素朴な信仰の集まりだったが、その中から教会の教えと異なった解釈も出てくるようになった。

そのグループでは皆が聖書の解釈を語るもので、だんだん中身が深まっていったのだろうな。特に聖書の最後の『ヨハネの黙示録』の解釈については、学者や指導者の見解以外でも、いくらでも解釈が可能なのだ。そこで当時のキリスト教会から批判を受け、弾圧されるようになった。そのグループの活動の中で、バッハの『ヨハネの黙示録』が用いられていたようだ」

「それはどのようにしてですか？」

小川が尋ねた。

「楽譜から意味を読み取ったり、曲の演奏を通してという形だろうか。何百年も前のことだから、今では想像するしかないよ」

「それで、そのグループはキリスト教の歴史の中で名を残していないのですか？」

「そのグループは、教会から排除され、よそに移って活動を続けたのではないかな」

「そのグループは今もあるのですか？　あるとしたらどこにあるのですか？」

ロガノフは尋ねた。店主は、難しいという表情で首を横に振り、眉間にしわを寄せ俯いた。そして顔を上げると、ロガノフをじっと見つめ、続いて他の三人の顔を順にじっと見つめていった。

「それで、あなた達はこのことを聞いてどうするのかね？　こんなことマイナーで、歴史の負の部分だから、知ったからといって何の役にも立たないことだよ」

「私達は、バッハが作曲した『ヨハネの黙示録』そのものに関心があるのです。それは音楽的な興味です」

ロガノフは言った。

「私もこのグループのことを言って、社会に波風を立てたくないのだ。そのグループは今もいるよ。場所を知りたかったら、バッハの研究者に聞いたらどうだい。ライプチヒのバッハハウス（博物館）に適任の研究員がいる。そこで、聞いてくれますか？これ以上答えるのは難しいね。さぁ、お勘定をしてくれるかね」

店主は難しい顔をして、お金を受け取ると、それ以上は話したくないという様子でそっぽを向いてしまった。四人は礼を言って店を出た。

歴史の負の部分を語るというのは勇気のいることなのだ。この問題は今も残っていて、教会でも地域でも、触れにくい問題だ。なぜなら、教会や地域の中で対立と争いが再燃するからである。

3

四人は、アイゼナハのホテルに戻り、夕食を取ったあとロビーに集まった。他に客はいなかった。

ロビーに置かれたグランドピアノの椅子に田倉が座り、演奏を始めた。クラシックのいろいろな曲が演奏され、他の三人は雑談をしながら聴くともなしに聴いていた。

「では『ヨハネの黙示録』を弾いてみましょう」

そう言うと、田倉は先ほど買ってきた、バッハ作の「ヨハネの黙示録」の楽譜を開いてピアノを弾き始めた。

静かな序奏のあと、音楽は盛り上がっていき、ファンファーレの音が鳴った。そして、メロディーがいきいきと進んでいった。音楽が進行する中に、怒り、悲しみ、そして優しさと愛が現れた。嵐のような激しさもあり、心に染みるメロディーもあった。

小川は目を瞑り、音の響きに身を委ね、身体を軽く揺らしていた。ロガノフは顎を少し上げ、虚空を睨み頷いていた。野上は俯き、ぶつぶつと何かつぶやいていた。音楽が止まり、曲の一つの区切りが終わった。

田倉はしばらく動きを静止し、自分の思いの流れに身を任せているようだった。田倉は小川のほうを向いた。

「小川さん、聞いていて頭に何が浮かんだ？」

小川はうっとりと夢見心地の様子で答えた。

「宇宙の広がりの中を、星が速いスピードで動いていきました」

田倉はそれを聞いて愉快そうだった。一瞬、その場の皆に沈黙があり、あろうことか残りの三人からどっと笑いが起こった。皆、想像したことは同じだったのだ。小川は形の良い鼻の穴を膨らませて、憮然としていた。

「では、最後まで弾かせていただきます」

バッハ作の「ヨハネの黙示録」の曲は全部で二十二曲あった。確かに聖書の「ヨハネの黙示録」の二十二章の数に合わせてある。

田倉が曲を弾き始め、皆が音楽に耳を傾け集中して聴いていた。曲が終わっても、しばらく誰も何も言わなかった。

「田倉さん、弾いてみてどうでしたか？」

「確かに、この曲はバッハの作品らしくはあるのだが……しかし、何とも言えませんな」

この曲の真贋《しんがん》をどのように判定すればよいのだろうか。いや今は判定というより、「ヨハネの黙示録」をどう解釈しているのかなのだと、田倉は思っていた。

それにしても一つの確かな形として、証拠のようなものが手に入ったことは、四人にとって大きな収穫だった。


次の日、四人はライプチヒに向かった。ライプチヒでもう一度バッハハウスに行った。目指す研究員とは、一回目に訪れた時に会ったあのマイヤー氏だった。マイヤー氏は四人の顔を見て、「また来たか」というように苦い表情を見せた。

ロガノフが、マイヤー氏にやって来た訳を告げた。

マイヤー氏があいまいなことを言っているので、田倉は日本の大学からバッハハウスへの紹介状をマイヤー氏に手渡した。マイヤー氏は招介状を見て、ため息をつき話しだした。

「いや、仕方がない。確かに、『ヨハネの黙示録』につけられた音楽には過去の経緯とやり取りがあるのです。『ヨハネの黙示録』を聞いて、独自の解釈を作り上げたグループは、何百年経ってもなくなりはせず、何度かの危機と迫害を受けながら現在まで続いています。ただ現在でも団体と地域社会や国、キリスト教会との軋轢があるので、そのグループの存在は表沙汰にはされていないのです。そして、その信仰のグループは、迫害を逃れて居所を分散させながらどうにか生きながらえ、その最大のグループはヴァルト村に暮らしています。あなた方もヴァルト村に行けば、その教派の人々に会うことができます」

　四人はマイヤー氏に礼を言うと、車でヴァルト村に向かった。社会主義政権下で、その信仰のグループは迫害を避けて昔の西ドイツに逃れ、アルプスに近い山の中に移住していた。

　長い距離のドライブのあと、その村の麓に着いた。ヴァルト村に行くには、目の前に広がる深い森の中に入り、険しい山腹を登っていかなければならない。道は舗装してあるとはいえ、曲がりくねり、時に傾斜が急になり、車はその急な坂を登っていった。ハンドルは野上が握ったが、その運転は慣れたものだった。

高くそびえる針葉樹の間の道を車は走っていった。昼とはいえ、梢《こずえ》が日を遮るので辺りは薄暗い。この道路を走っていて、人影を見ることがない。時に、林の木々の間から、町が顔を覗かせる。山道をだいぶ高くまで登ってきたようで、町も遠くに小さくなっている。赤い教会の尖塔が町の屋根から数本伸びて顔を覗かせていた。

森が切れ、少し辺りが開けてきて高原地帯に出た。ぽつりぽつりと人家や牧場が見えてきて、人の気配がしてきた。車は村の中心部に出てきた。中央には高い屋根の教会があり、その前の広場に車は止まった。村は石造りの古い家が多かったが、その一画にコンクリート造りの新しい建物が数棟建っていた。

車から降りて広場を歩くと、思いがけず中東の人々が行き交っていた。

「ヴァルト村には、シリア紛争の難民を受け入れる施設があるようね」

と、小川が言った。

村と言うには人の数が多く、若い男女が忙しく動いていた。キリスト教会に入り話を聞くと、目指す信徒達は、まさにその教会にいた。牧師がそのうちの一人を呼んでくれた。五十代の信徒は、純朴そうな男だった田倉は自己紹介をした。

「初めまして。私達は音楽に興味があり、ヨハン・セバスチャン・バッハの隠された曲を探しています。その曲とは聖書の『ヨハネの黙示録』に音楽をつけたものです。こちらの教会の方がその曲を知っていて、独自に語り継いできたとお聞きしたのですが……」

「わざわざ、遠い所をありがとうございます。ご苦労様なことです。確かに、バッハが『ヨハネの黙示録』というお題で作曲していたなら、大きなニュースでしょうね。私達の教派には、歴史があります。もともと信者の聖書の研究から一つのグループができました。代々受け継がれてきた中に、『ヨハネの黙示録』の曲もあります。その楽譜は十分に古く思えるのですが、実のところ、専門家に鑑定してもらわないとわかりません」

田倉が慎重な面持ちで、

「こんなことは申し上げにくいのですが、あなた方の教派の物、『ヨハネの黙示録』の楽譜を見せていただくことはできないでしょうか？」

と言うと、男は即答した。

「いや、そういうことはしていません。金輪際ご免こうむります。これは信者が演奏しながら、聖書を読んでいくもので、信仰に関わることですから、外部の人に見せるものではないのです」

田倉は男に非常に失礼なことを言ったと思い、恥じ入った。

「ところで、私達は聖書の研究の機会を定期的に持っています。主イエス・キリストは素晴らしいお方です。私の人生を変えてくださいました。あなた方も、聖書の学びに加わりませんか？」

この時も四人は顔を見合わせた。田倉もその聖書の学びの中に何か重要な手がかりがあるように思うのだが、ロガノフや野上もいるので、そこまで教派に深入りするのはためらわれ、自分を思い留める気持ちが出てきた。

田倉の様子を見て、男は諦めたように言った。

「学びへの参加は難しいようですね。私達の教派ではこの聖書の研究がとても熱心に行われていてね、いくつかのグループの中でも外国に活発な地域があるのです。

私達の教派が外国にまで広がっていることは、一般には知られてはいません。私達の中のネットワークでだけ伝えられているのです。

旧東ドイツの社会主義政権下で、私達の教派は迫害を受け、東ドイツを逃れ、分散していきました。いくつかは外国にも移っていったのです。その中でコーカサス地方のアルメニアに行った人もいます。そのアルメニアのグループが今、活発に聖書の学びをしています。『ヨハネの黙示録』も盛んに語られています。そこなら、あなた方の希望もかなえられるのではないでしょうか」

「アルメニア……」

と、小川が驚いて小さく声を出した。

「いや、ついさっきも、『ヨハネの黙示録』について問い合わせがありましてね。問い合わせてきた人達は今も、この村におられるかもしれませんよ」

「やはりこの時節柄、『ヨハネの黙示録』に関心があるのでしょうね」

ロガノフも軽く受け流したが、疑惑の念がありありと顔に表れていた。

「では、私も難民施設の仕事がありますので、ここで終わりにさせてもらいます。いいでしょうか？」

男はそう言うと、礼をして教会を出ていった。

アルメニアという目的地が新たにできた。男は、その村の詳しい所在地を教えてくれた。アルメニアはコーカサス山地の国で、文明の十字路と呼ばれていて、多くの民族が行き交い通り過ぎていった所である。

田倉にとって、ヴァルト村に自分達より先に「ヨハネの黙示録」について聞きに来た人物がいたことは衝撃であり、気がかりなことだった。事情に詳しいロガノフも初耳らしい。

四人は車に乗り込むと、ヴァルト村をあとにした。そして山腹の高原から、曲がりくねり勾配の急な所もある坂道を下っていった。

ところが途中から、バックミラーに黒い乗用車の影が見えるようになった。野上が車のスピードを上げると、同じようにスピードを上げ食らいついてきた。しばらくそうして走っていると、後ろの車は、四人の車をさらに追い立てるように、危険なほど後ろにピタリとついた。

明らかに意図的で危険な運転だ。山道は二車線取れるかどうかの狭い幅で、曲がりくねり、急なS字カーブがいくつもあった。後ろから黒い車に追い立てられ、野上はスピードを上げていった。ライトが闇の中で道を照らしている。まっすぐな道を短い間走ると、前方に黒い木の茂みが見えた。道路には倒木があるようだ。車がそこに突っ込んでいく直前で野上は右ハンドルを切り、横の茂みに突っ込んだ。小川が悲鳴を上げた。そして、車は短い距離を走り急停車した。後ろの車は道を直進し茂みに突っ込み、かろうじて止まっているが、その先は断崖の奈落で、車は左手の崖にぶつかり止まっていた。野上の車が進んだほうが本当の道で、木の茂みで道がカモフラージュされて隠れていたのだ。

「野上さん……」

「走っていて、ここはカーブのはずだと思い、右の茂みに入ったのです。案の定、誰かが道を木の茂みで隠していました。恐ろしい妨害です」

「後ろの車は……」

「大破して動けないだろう」

「後ろから追い立てられて、危ないところでした」

「やはり、村にやって来た男達でしょうか？」

「おそらく。しかし、危険だ。私達は、そんな罠にかけられるようなことなど、何もしていないのに」

野上が車を降り、崖にぶつかり大破した車に近づいた。車のボンネットがゆがんで曲がり、窓ガラスは粉々になっていた。野上は車の中を覗き込み、戻ってきた。

「どうでした？」

「男が三人乗っていて、中に英字の書類が散らばっていた」

「スパイ小説みたいね」

小川がつぶやいた。

田倉も、バッハの音楽を探る旅で、行き先はドイツなので危険など何もないと思っていた。まさか、こんな交通事故に遭うとは思ってもいなかった。ということは、四人は犯罪がからむ事件に巻き込まれたのだろうか。それとも危険な宗教的な争いに巻き込まれつつあるのだろうか。

野上の車は再び走りだした。本来の山道をである。誰も怪我はなく、車にも大きな傷はなかった。

夜遅く、車はホテルの前に止まった。四人は部屋に入り、今後のことを話し合った。黙示録の楽譜も手に入ったことだし、一つ収穫はあった。ただ、アルメニアに行けば、さらに旅の内容も深まり、「ヨハネの黙示録」の音楽も極められるのだ。

今の事件について話し合った。襲ってきたのは何者なのか。音楽の問題なのにこのように命を狙うか脅す勢力がいるということは、あり得ないことである。それにしても、襲ってきたグループは宗教がらみのグループなのだろうか。命まで狙うとすれば相当な狂信者グループだ。しかし、田倉にはこの音楽の内容がそれほどの問題とも思えないのである。

自動車事故について警察に届けるかどうか意見が交わされたが、事件の不可解さ故に、そこまですべきとも思えない。

田倉は危険な事故があったこともあり、皆に旅を中止するか聞いてみた。

「さて、皆さん。私達はアルメニアの旅行に行くべきなのでしょうか？　あのような恐ろしい目に遭った以上、このまま進むべきかどうか考えてみましょう」

田倉は、アルメニアに一歩踏み出す勇気が出なかった。若い小川や野上がいる以上、無闇に危険に引っ張り込むわけにはいかない。二人は記者なので、危険はあっても踏み出す勇気は持っているだろうが。

　するとロガノフが言った。

「田倉さん、もう一歩でバッハの幻の曲、『ヨハネの黙示録』の創作の謎が解けるのです。今を逃すと、もう一度はありませんよ」

「それはわかるが、正体不明の危険な事故が起きたのだから、ここは、これまでの成果を持って引き返してもいいのではありませんか?」

　田倉には自分の内に一つの基準があった。挑戦しないと新しいものが手に入らない、しかし、無闇に前に進むことは蛮勇につながり、罠に足を絡め取られてしまう。田倉の心の中ではこんな声が響くのである。

「田倉さん、皆さん。私達はキリスト教の教派まで辿り着きました。ここまで来るのにも相当の労力がかかりました。私にもう一度ここまでやれと言われても、二度とできるかどうかわかりません。行き先はアルメニアです。今はアルメニアの政情も落ち着いているから、決して不安に思うことはありません」

　ロガノフのこの言葉に押し切られて、四人はアルメニアに向かうことに合意した。

　次の日、ロガノフが旅行の手配をするため出ていった。手配にしばらく時間がかかるので、田倉達に時間の猶予ができた。

この時、近隣のウクライナ情勢が緊迫してきた。ロシアの大軍が隣国ウクライナとの国境付近に集結し、大規模な演習を行いながらウクライナを威嚇していた。ロシアは、NATOとの軍事同盟に舵を切ろうとするウクライナの政権を、自分のほうに引き戻そうとしていた。

そんな時、小川と野上に東京スポットニュースの本社から指示がきて、ウクライナ国境に近いポーランドの町で取材するようにということだった。

二人はアルメニア取材の準備ができるまでしばらくポーランドに行くことになり、すぐに旅立った。

4

ウクライナ国境に近いポーランドの町には人々が集まってきていた。報道メディア、国連機関、NGOが、ウクライナ国内の情勢を窺っていた。

アメリカもEU（ヨーロッパ連合）もロシアの攻勢を非難していた。

ロシアは冷戦終結以来、旧ソ連の支配下にあった東欧諸国がNATOという軍事同盟に加わることに不満と怒りを持っていた。

それらの国々がＮＡＴＯに加入し、ロシアの隣のウクライナもＮＡＴＯ加盟を希望するに従い、ロシアはクリミア半島を武力で抑え、ロシアの支配下に組み入れた。

ロシアにとって、地を接する姉妹国ウクライナが、敵の軍事同盟に入ることは安全保障上脅威だった。

アメリカの政治家の中にも、ＮＡＴＯの東方拡大はロシアを威圧することになるので慎重にするべきだという意見があったのだが、当時のアメリカ大統領がその意見を押し切って、ＮＡＴＯの東方拡大を容認してしまったのである。

ロシア大統領は繰り返し、その不当さを訴えていた。

しかしどの国も、ロシアがウクライナ侵攻という野蛮な行為を行うことはないと、たかをくくっていた。ウクライナ国民も、平穏に市民生活を送る者がほとんどだとニュースは伝えていた。


ポーランドの町に着いた小川と野上は、ホテルに一人の日本人を訪ねた。本社から紹介を受けた国際原子力機関（ＩＡＥＡ）の太田という若い男だった。小川と野上の取材を、太田は匿名で名前を出さないならという条件で引き受けた。

——今のウクライナ情勢はどうでしょうか？　ロシアのウクライナへの侵攻はあるの

でしょうか？

「ウクライナ国境近くに集結するロシア軍が演習を終えても、解散して帰ろうとしません。こういう状況というのは、侵攻の前によくあることだとも言えるのです」

――ロシアのメディアは、演習を終え帰ろうとするロシア軍の映像を流しています。順次、帰ろうとするのではないのですか？

「アメリカの報道官は、ロシアの軍隊は国境から決して減っていない。今の兵力はウクライナに侵攻し、ウクライナを制圧するのに十分な数だと言っています。ポーランドにいては、メディアを通してしか実情はわかりません」

――ロシアが核戦争も辞さないと言っていますが、その可能性はあるのでしょうか？

「どこかの国が核兵器を使用したなら、世界は二つの勢力に分かれ、核戦争に発展してしまいます。大惨事が世界中に起こりますし、日本だって巻き込まれる可能性は大です。だから何としても、この戦争を回避する必要があるのです」

――太田さんは、ここでどのようなお仕事をしておられるのですか？

「私はウクライナの核施設が心配なので、ここで待機しています。戦争になれば、ウクライナの原子力発電所が危機に陥らないかと懸念しています。ましてウクライナには、今は稼働していませんが、事故を起こしたチェルノブイリ原子力発電所がありますので」

小川もチェルノブイリ原発がウクライナにあり、脅威が残っていることは知っていた。今もチェルノブイリ原子力発電所の周りは、人が住むことができない。そして同じことは、日本の福島の原子力発電所でも起こった。

太田のホテルを辞して、小川と野上は次の取材に向かった。東京スポット新聞のヨーロッパ支局員の手配で、支局員と共にウクライナ国境まで向かうのである。この時点では、国境はまだ緊迫しておらず、ウクライナ側にも変化は見られなかった。しかし事態は刻一刻と悪化していき、ロシア大統領の核兵器使用も辞さないという過激な発言も飛び出していた。

小川と野上は記事を配信したあと、もう一度、田倉の待つドイツに戻った。

一方、太田は緊迫度を増すウクライナ情勢を眺めながら、核戦争の脅威に恐れおののいていた。この戦争は、第三次世界大戦につながり、世界が二つに分かれて核ミサイルを打ち合うことになるのである。太田にとっては、核戦争は世の終わりにつながり、よく読んでいる聖書にも終末について書いてある。その世の終わりの現場に、今まさに太田は臨んでいることにもなる。

もう一つ太田には、世界大戦の一方の側に、もう一度ロシアが躍り出てきたことにも衝撃を受けていた。聖書では「ロシ」とも書かれ、中東諸国と共に、イスラエルを攻めると預言されているからだ。そして、それは文脈から言うと、この世の終わりである。

太田は、ロシアがウクライナに侵攻するために、ウクライナ国境に集結しているという時、ロシア南部にロシア軍が待機していないかと疑うのである。ロシアに国から南下する意図はないかと思うのだ。

中東からアメリカが撤退していくことにより、中東の力のバランスが崩れ、権力の空白が起こり、不安定な情勢である。一方、ロシアはシリアに介入し、地歩《ちほ》を得て、アメリカと仲が悪いイランも地域大国として、中東に影響力を及ぼしている。ロシアが中東に介入するなら、聖書の預言が成就するのである。

ポーランドにいる太田は、まさに、歴史の転換点にいる思いであり、図らずも核戦争の脅威に直面していた。

ドイツで、ロガノフ、田倉、小川、野上の四人が揃ったところで、結局アルメニアに全員で行くことになった。旅行の手配はロガノフが行った。

四人の旅も長くなった。田倉も家庭が心配になってきたところだ。まさか、はるばるアルメニアまで出かけるとは思ってもみなかった。

四人はアルメニアの首都エレバンに着いた。目的地は、山中の小さな村である。キリスト教の一派が、ドイツからはるばるアルメニアまで越してきた。なぜアルメニアなのだろうか。気になるところは、隣国がトルコであり、イランにも近いことである。トルコも、政治制度は専制主義に近く、油断のならないところがある。イランも世界から孤立し、イスラムの教えを国外に輸出しようとしている。文明の十字路とコーカサスは言われるが、アジアとヨーロッパ、中東を行き来するにはかつてはこの箇所を通り抜けなければならなかった。

エレバンで一泊し、次の朝、ホテルで食事をしていた。ふと、田倉はテーブルに小さな紙片が置かれているのに気がついた。折りたたまれた紙片を読んだとたん、その顔色が曇った。小川が聞いてきた。

「何です、……どうしたのですか?」

田倉は小川に小さく首を振った。

田倉は部屋に帰り誰もいないところで、紙片を取り出した。紙には、

〔気をつけろ。ロガノフは裏切るぞ〕

と英語で書かれていた。ここまで共に旅をしてきて、ロガノフが油断ならぬ男とはなぁと田倉は思った。しかし、このことは誰にも言わなかった。

田倉が荷物を持ちロビーに出ると、小川が近づいてきた。周りに人がいないのを確かめてから、小川は田倉に言った。

「とうとうアルメニアにまで来ましたね。私は、ロガノフさんが、なぜここまでこだわるのか気になります」

「何にこだわっていると言うの？」

「あの夜、ロガノフさんはアルメニアに行くことを強く主張しましたね。ロガノフさんが『ヨハネの黙示録』にこだわるのはなぜなのでしょう？　何か底が知れない謎、そして、裏があるように思われ、気にかかるのです」

「そうだね。私でもあなたでも、『ヨハネの黙示録』の預言と言うと、謎に包まれて恐い気持ちがするからね。あぁ、野上君が来た。さぁ集まろうか」

四人は玄関に出て車に乗り込み、野上の運転でホテルを出た。


社会主義政権の迫害を逃れて、そのキリスト教の一派は、アルメニアの人目につかない山奥に移住した。田倉達の車は空気がきれいで、溢れるばかりの自然の中を走っていった。人っ子一人いない森と高原を抜け、途中で小さな集落をいくつか見た。また時に牧場も見られた。

乗っている者も運転する者も、腰が痛くなるほど長い距離を走り、ようやく目的の村に着いた。どこかから羊の鳴き声が聞こえてきた。

四人は美しく装飾された村の教会を訪ねた。目当ての人達はすぐにわかって、教会の司祭が面会の手続きをしてくれた。

ここまで来ると、田倉もロガノフも慌てて事を進めるつもりはないので、次の日にその教派の信者に会うことにした。

外では、小さな子供達が遊び回っていた。彼らの面倒を一人の若い女が見ていた。年はまだ二十歳にもなっていないだろう。

山の夜は早くやって来て、早く夜が更けていく。静寂の中で四人は食事をした。食後、小川と野上がニュースを知らせてくれた。東アジアの北朝鮮が不安定化しているというものだった。小川が言った。

「ヨーロッパで戦争が起こりそうだけれど、東アジアでも戦争が起こるかもしれませんね」

田倉はしばらく考えて、答えた。

「世の終わりの兆候だね。そう思いませんか？」

難しい話題である。小川もこんなことを聞いて来た。

「田倉さんとしては、世の終わりは、主イエス・キリストの再臨であると考えておられるのですか？」

「私はそう思います」

再臨について、小川は自分の考えを述べた。

「今から二千年前に、救い主イエス・キリストが、イスラエルのベツレヘムにお生まれになって、長じて十字架にかけられ、処刑されました。これがイエス・キリストの初臨ですね。キリストは死後三日目に蘇られ、天に昇られ、今は、神の右の座におられます。そのキリストが、もう一度来られるのは、この世を裁き、キリストを信じる者を救うためであると教会で教わりました」

田倉は、小川の終末と再臨の考えを聞いて、自分とほぼ同じ考えだと思った。

「今、世界で起こっていることは、世の終わりの前兆で、主イエス・キリストの再臨が近いことを表しているのです」

小川は、自分の信仰について、不安な面もあった。それはほとんどの信者にとっても同じだった。

「キリストの再臨ですか。私は教会に通い礼拝を守っているけれど、自分が本当に救われるかどうかは、確信がありません。キリストの再臨といわれても切実には思いませんし、日常、ほとんど意識はしていないのです」

と言う小川は、自身を不甲斐なく感じているようだ。田倉にしてもそうなのだ。

「私も、ふだんは再臨について考えていないんです。でも戦争、疫病、地震が続くと、世の終わりが近いのかなと思ってしまいます。私にも、いざキリストが再臨されても自分が救われるのかはわかりませんし、確信もありません」

「明日、会う人達も、『ヨハネの黙示録』に書かれる世の終わりに関わることを言うかもしれませんね」

明日会おうとしている信者達は、どのような信仰の立場なのだろうか。小川は記者としての興味が湧いてきた。

田倉は小川も、再臨信仰を持っていると思うと心強い気がした。

しかし、野上は信仰を持たないので、黙ってお茶を飲み、新聞を読んでいた。


朝、ポーランドの町にいる太田は、電話で起こされた。電話をしてきたのは知り合いの日本人記者で、テレビをつけるようにと言った。慌ててテレビをつけると、ロシアがウクライナに侵入したというニュースが流れていた。今は、三カ所に分かれて、ロシアの大軍がウクライナに侵入してきているというのだ。そして、北にあるベラルーシから首都キーウを目指している部隊もいるとのことだった。ロシア軍とウクライナ軍の力の差は大きい。ウクライナ軍は国土を防衛するために戦い抵抗するが、三日のうちに首都キーウも陥落し、制圧されると世界の大半が予想していた。

続報が届いた。二、三日経っても、ロシアはウクライナ上空の制空権を完全に取れず、侵攻の速度も遅く、当初言われていた電撃戦とは言えないということだ。しかし、南部、東部、北部とロシア軍の制圧地域は少しずつ増えていき、キーウを複数の進路からロシア軍が攻めてきて、キーウの命運は風前の灯だった。

一九九一年に冷戦が終わり、西欧諸国は仲良く手をつなぎ、とても戦争をするような野蛮な関係ではなくなったと、皆思っていた。第一次世界大戦や第二次世界大戦のような戦争は、もう起こることはないと考えていた。

ドイツも最小限の軍備しか持たず、戦力を見せつけるようなことはなく、他のＥＵの国々を安心させていた。しかし、ＥＵ内の国々の自己満足がすぎて、ロシアを窮地に追いやるような政策が続き、ロシアが暴発し野蛮な軍事行動に出たのだ。

ロシアのウクライナ侵攻より前、アメリカは早い段階で、ウクライナはＮＡＴＯに加盟していないので、ロシアがウクライナに侵攻しても軍事介入はしないと明言していた。このことが、Ｇゼロ時代にあって、ヨーロッパに力の空白地帯を生み、力のバランスを崩していったのである。ロシアはこの力の空白の隙をついてウクライナに攻め込んできた。ロシアがウクライナに侵攻しても、アメリカもＥＵも軍事介入してウクライナを守ることはなかった。

このような国際政治の論理なのだが、戦火の被害を受けるウクライナ国民は悲惨だった。同じヨーロッパの中で、日々多くの虐殺の脅威が膨らんでいき、百万を超える人があっという間に国外に逃げ出し、避難民が膨れ上がったのである。

さらに、キーウ北方のチェルノブイリ原子力発電所がロシア軍の砲火を浴び、火災が起こったというニュースが飛び込んできた。あの放射能汚染の大惨事を引き起こしたチェルノブイリ原子力発電所が攻撃されたのである。

ただ、戦争では、重要施設を占拠するのは常套手段だ。チェルノブイリ原子力発電所は制圧され、ロシア軍の手に落ちた。その時、原発で火災が起きたが、それは収まり放射能漏れはなかったと国際原子力機関（IAEA）は報告した。

一九八六年にチェルノブイリ原子力発電所が事故を起こした時、チェルノブイリという地名の意味が、聖書のヨハネの黙示録の預言の関わりで語られた。その聖書の言葉は次のようである。

第三の御使いがラッパを吹いた。すると、天から、松明《たいまつ》のように燃えている大きな星が落ちて来て、川の三分の一とその水源の上に落ちた。この星の名は『苦よもぎ』と呼ばれ、水の三分の一は苦よもぎのようになった。

水が苦くなったので、その水のために多くの人が死んだ。
（ヨハネの黙示録八章十〜十一）

チェルノブイリの名は、ヨモギに近縁のハーブである「オウシュウヨモギ」からきている。この「オウシュウヨモギ」の名にちなんだ地名のチェルノブイリで事故が起こり、放射能汚染が広がった。聖書では、「苦よもぎ」が川の三分の一と水源に落ち、水が苦くなり、水を飲んで人が死んだとある。「苦よもぎ」を形容する松明のように燃えている大きな星が、核兵器のミサイルを指していると考えられる。

事故を起こしたチェルノブイリが戦争に巻き込まれ、核ミサイルの使用も辞さない、とロシア大統領が言っているのなら、チェルノブイリと「苦よもぎ」には関連があり、核ミサイルによる放射能汚染が描かれていると思ってもいいだろう。

そして、キーウ市とチェルノブイリの傍を流れるドニエプル川の水源は、北ロシアであるので、ウクライナとさらにロシアにも核ミサイルが打ち込まれることを指すのかもしれない。何しろ、「苦よもぎ」が川の三分の一に落ちるのである。核戦争を表しているると想定してもおかしくはない。

太田はそのような恐ろしい連想をした。ただ、核ミサイルの発射は今ではなく、将来かもしれない。

核戦争がいつ始まるかわからず、世界が二つに分かれ、核ミサイルが飛び交うかもしれない。そのような所に、ＩＡＥＡの職員として太田はいるのである。

核兵器の恐ろしさは、威力が強大で、核爆弾一発で状況を変える力があることだ。ロシア大統領は核兵器の使用も暗示している。ロシアの戦術には、通常兵器で事態が打開できず勝利できない時は、核ミサイルを打ち込み勝利に導くことが書かれている。いったん核兵器が使われたなら、敵味方双方入り乱れて、核の応酬となるだろう。その結果、地上は廃墟と化してしまう。

核兵器の廃棄をためらい、核兵器の根絶が遅れている間に、時代の針は巻き戻されていき、もう一度、核兵器による威嚇の時代に戻りつつある。

聖書の預言の通りである。

太田にはその時がいつかわからないし、誰も知らない。しかし、その時がいつか来ることには確信を持っているのである。

チェルノブイリ原子力発電所をロシアが攻撃し占拠したことを、太田は衝撃を持って受け止めた。

チェルノブイリ原発だけではなかった。南部のザポリージャ原発もロシアが攻撃し、火災が起こり、ロシアが占拠したのである。ザポリージャ原発は欧州最大である。ウクライナは原子力発電所を多く持つ国なのだ。

原発の攻撃から、ロシアの意図が核兵器の使用とそれによる放射能の脅威も辞さないという考えであるように思え、人々の心を震え上がらせた。

ウクライナの核兵器使用の状態は緊迫の度合いを増してきて、太田はウクライナを離れることが難しかった。

5

教会の前の広場に子供達が集まり、勉強が始まった。小川は、教派の信者との面会まで時間があったので、子供達の学ぶ様子を見ていた。先生は、昨日見た若い女性だった。勉強は木陰で行うので涼しく、習うことも頭に入りやすいだろう。

子供達は、皆黒い表紙の聖書を開いていた。小さな机の前に若い女性が立ち、子供達に語りかけた。

「皆さん、今日はヨハネの黙示録の二章を開きますよ。ヨハネの黙示録の二章の一節から七節です」

女性は子供を相手に聖書の学校を開いているようだった。

「皆さん、開けましたか。それでは一緒に読んでみましょう」

エペソにある教会の御使いに書き送れ。「右手に七つの星を握る方、七つの金の燭台の間を歩く方が、こう言われる――。わたしは、あなたの行い、あなたの労苦と忍耐を知っている。また、あなたが悪者たちに我慢がならず、使徒と自称しているが実はそうでない者たちを試して、彼らを偽り者だと見抜いたことも知っている。

あなたはよく忍耐して、わたしの名のために耐え忍び、疲れ果てなかった。けれども、あなたには責めるべきことがある。あなたは初めの愛から離れてしまった。

だから、どこから落ちたのか思い起こし、悔い改めて初めの行いをしなさい。そうせず、悔い改めないなら、わたしはあなたのところに行って、あなたの燭台をその場所から取り除く。

しかし、あなたにはこのことがある。あなたはニコライ派の人々の行いを憎んでいる。わたしもそれを憎んでいる。

耳のある者は、御霊が諸教会に告げることを聞きなさい。勝利を得る者には、わたしはいのちの木から食べることを許す。それは神のパラダイスにある。」

（ヨハネの黙示録二章一～七節）

子供の年齢はまちまちである。上は中学生くらいの子から、下は小学生の低学年までだ。皆が声を合わせて聖書を読むと、澄んだ空気の中に声が広がっていった。

「今から、笛でこの箇所を演奏します。音楽を聴きながら、この聖書の箇所の意味を感じ取ってみてください」

女性は縦笛を取り出すと、曲を吹き始めた。曲の所々に民謡風のアレンジもあった。曲が終わると、子供達はニコニコと笑っていた。

「みんなは、聖書を読んでどんなことを思いましたか？」

「何かきびしい感じがしたのですが、その中に美しい部分を感じました。それはメロディーが美しいのです」

「初めの愛は、私達が初めてイエス・キリストを信じた時に持っていた愛のことだと思うのです。初めは神様を愛して神様のために働きたいと思って、教会の奉仕活動も喜んでするし、教会にもやって来るのだけれど、だんだん飽きを感じてきて今日はいいやと思って教会をさぼってしまうこともあります。神様は初めの時の熱心さを忘れてはいけないと言っておられるのです」

「そうです。うまく言えましたね。初めの愛に戻った時、あなたは、本当の命を手に入れ、天国に入ることができるのです」

小川は何か自分も教えられているような気がして、じっと聞いていた。傍に田倉達がやって来ていた。野上はただ珍しそうにニコニコ笑っているのだが、田倉は女性の話に引かれることがあり、女性を注視して聞いていた。

ロガノフは集中して聞いていたが、田倉と様子は異なり、表情のどこかに険しさが見られた。何か考えている様子だった。


夜になった。村の集会室に、教派の信者と四人が集まった。

教派のほうからは、年のいった男性と若い女性が出席した。女性は広場で子供達を教えていた人で、エレナといった。もう一人の男性はヨハンといい、エレナの父親である。ヨハンが口を開いた。

「皆さんは『ヨハネの黙示録』に興味があるそうですね。それではるばるアルメニアのこの村まで来てくださるとは、ずいぶん熱心なことですね。

ここまで来てくださった熱意にお応えしたいと思うのですが、私達のやっていることは素朴で単純なことですよ。皆さんの中には学校の先生も、新聞記者もおられるようですが、私達のやっている内容が研究に値するかどうか、実は自信がありません。

あぁ、楽譜はロガノフさんから見せていただきました。私どもが使用しているものと少し違いがありますね。バッハというのは、今から三百年前の人ですから、古い人ですよね。私達の教派も、バッハの生きていた時代かそのすぐあとかに起源があります。それぐらい歴史がありまして、歴史の狭間で生き延びてきたようなところがあるのです。これも教派の創設者への神の恵みですね。

私が言いたいのは、教派でも楽譜はあるのですが、大部分の演奏は暗譜して伝わっていたり、即興も入ってくるので、原本とは違ってきていると思います。それに、各地に散らばっている信徒の間でも違いが出てくるでしょう。それがバッハの作曲した『ヨハネの黙示録』と言えるのかどうか、自信はありません。

せっかく来ていただいたのですから、私の娘エレナに演奏させましょう。そしてその後、エレナに心象風景と解釈を語ってもらいましょうか。

さて、『ヨハネの黙示録』のどの箇所をお望みですか?」

しばらく四人は逡巡していて、沈黙があった。沈黙を破ったのはロガノフだった。

「黙示録の中のハルマゲドンの箇所をお願いします。『ヨハネの黙示録』の十六章です」

ヨハンは眉をひそめロガノフを見たが、すぐに視線をそらした。ヨハンの顔に陰がさしたがそれも一瞬で、平静を取り繕い、エレナと何か言葉を交わした。そして、聖書を取り出し開いた。

「ご希望は、『ヨハネの黙示録』の十六章ですね。ハルマゲドンの箇所は十六章の十二節から十六節です。では、一度その箇所を読んでみましょう」

第六の御使いが鉢の中身を大河ユーフラテスに注いだ。すると、その水は涸れてしまい、日の昇る方から来る王たちの道を備えることになった。また、私は竜の口と獣の口、また偽預言者の口から、蛙のような三つの汚れた霊が出て来るのを見た。

これらは、しるしを行う悪霊どもの霊であり、全世界の王たちのところに出て行く。全能者なる神の大いなる日の戦いに備えて、彼らを召集するためである。

――見よ、わたしは盗人のように来る。裸で歩き回って、恥ずかしい姿を人々に見られることのないように、目を覚まして衣を着ている者は幸いである――。

こうして汚れた霊どもは、ヘブル語でハルマゲドンと呼ばれる場所に王たちを集めた。

（ヨハネの黙示録十六章十二～十六節）

ヨハンの言葉が続いた。

「世の終わりの裁きをもたらす、御使い、天使の言葉が続き、第六番目の御使いがユーフラテス川に働きかけました。中東のイラクにあるユーフラテス川はメソポタミア文明を生んだ大河で、聖書、特に旧約聖書の舞台でもあるのです。ユーフラテス川の河口に、初めの人アダムとエバが住んだエデンの園があったと言われています。そして、そこからヘブル人が旅立って、族長アブラハムがシリアを経てパレスチナ、今のイスラエルに入りました。聖書のこの箇所ではユーフラテス川の東のほうから強力な王が軍勢を携えてやって来るとあります。

これらは、全世界に戦争を引き起こす悪い霊の働きにより、この悪霊が全世界の王に働きかけるとあります。そして、最後の世界大戦が起こるのです。その場所はハルマゲドンと呼ばれる今のイスラエルの平原です。その場所で神のさばきとしての世界大戦が起こります」

エレナは、きれいに装飾のほどこされた笛を取り出し唇にくわえた。彼女は二十歳にもならない若さだった。

エレナはしばらく目を閉じ、気持ちを整えていた。そして、笛の中に息を吹き込むと、澄んだ音が静かに響き、その音色はこの辺りの清水や泉を表しているようでもあり、きれいな冷たい空気をも表しているようだった。

曲が終わった。皆が思いに耽り黙っていた。するとロガノフが聞いた。

「今、演奏されて、どんなことが思い浮かびましたか？」

「じゃあ、エレナ、話してあげたらどうかね」

ヨハンが娘のエレナを促した。エレナは少し考え、言葉を選びながら語りだした。

「笛の音に似合わない、恐ろしい光景が広がっています。人々は苦しみ、苦しめば苦しむほど状況が悪くなってくるのです。

そして破局がやって来ました。戦争の準備が始まりました。高い山の回廊を戦車や兵隊を載せた軍用トラックが進んでいきます」

ロガノフが尋ねた。

「それは、コーカサスの山地の道路ですか？」

「多分そうでしょう」

エレナが答えると、ロガノフは続けて聞いた。

「それは、いつですか？」

「それほど先のことではありません。近い将来です」

エレナのその言葉を聞くと、やおらロガノフが立ち上がり、彼女の腕を取って引き寄せ、片腕に抱くと、その場にいる者に拳銃を向けた。

「ロガノフ、お前は何をするんだ!?」

ロガノフの凶暴な行動に田倉は驚き叫んだ。

「さて、皆さん、この娘は俺が連れていく。これ以上、娘の話を聞かせるわけにはいかないのだ」

ロガノフはそれまでの時と違い、邪悪な表情を顔に浮かべ、ふてぶてしく言葉を吐き捨てた。

「ロガノフさん、ちょっと待って。どういうこと？　乱暴はやめてください」

小川はロガノフの豹変した様子に、感情が激した。

「ロガノフさん、あなたはこれを狙っていたのね。このために私達を引きずり回したのね」

「今さら、何を言っても同じだろう」

「まあ、なんてことを。ねえ、エレナさんを返して。エレナさんは、何の関係もないじゃないの」

ロガノフは平然と嘯《うそぶ》いた。

「この娘と父親は、わがロシアに害をなす存在だ。このまま話させるわけにはいかない」

田倉も思わぬ事態の展開に必死で叫んだ。

「ロガノフ、エレナさんを返せ！　エレナさんは、お前が関わるような人ではないじゃないか。さあ、こちらに返してくれ！」

ロガノフの腕で締め付けられたエレナが、苦しそうにもがいた。そうすると、ロガノフはますますきつくエレナを絞め付けた。田倉は苦悩して、ロガノフに訴えた。

「ロガノフ、エレナさんは関係ないじゃないか！　私達は、エレナとヨハンの平安な生活を乱してしまった。ロガノフ、私達を代わりに連れていけ。どうにでもしてくれてよい。殺してもいい。だから、エレナさんを解放してくれないか！」

そんな田倉の言葉を聞いてロガノフはせせら笑った。

「おうおう、自分を犠牲にしてエレナを助けるとは、見上げたものだ。だが、エレナの優れた能力は、ロシアには妨げになるのだ。こんな娘に、ロシアの偉大な計画を知られ、妨げられては困る。邪魔をする者は排除する。心配するな。お前達の始末も考えている。どのみちここから生きて帰れると思うな」

小川がロガノフに懇願した。

「エレナさんを誘拐したら、警察が黙ってはいないわ。さぁ早く、エレナさんを返して！」

小川の言葉を冷たく切り捨てて、ロガノフが言った。

「言うことはそれだけか。皆さん、俺はこれで失礼する」

立ち去ろうとしてエレナを抱えて後ろに下がったロガノフが、突然叫び声を上げた。エレナがロガノフの手に噛み付き、その太い腕を振りほどき、逃れようとしたのである。その刹那、轟音が部屋に鳴り響き、ロガノフは手を押さえた。拳銃が手から落ちた。新聞記者の野上が拳銃を構えていて、その銃口からうっすらと青い煙が立ち上った。

ていた。野上は拳銃を隠し持っていた。

田倉は脱兎のごとく飛び出すとロガノフからエレナを奪い取り、彼女を後ろ手にかばうと父親に引き渡した。ロガノフは呻きながら、慌てて扉を開け戸外に飛び出した。そのあとを、拳銃を手にした野上が追いかけていく。

「野上さん、撃たないで！」

小川が悲痛な声で、叫んだ。

ロガノフが建物を飛び出し、それを野上が追いかけると、ロガノフが腕で大きく暗闇に合図した。すると、突然ライトがつき、辺りが明るく照らしだされた。二、三発の銃声が響き野上の頭上を銃弾がかすめた。野上は地面にひれ伏し、建物の中に戻った。

「みんな、床に伏せろ、襲撃だ！」

皆、身を低くし、床に伏せた。男達は窓から外を覗いた。広場には、ジープや黒塗りの乗用車が五、六台集結し、集会所をヘッドライトで照らしていた。車のドアは開き、その陰に男達が銃を構えて隠れていた。

そしてまた銃声が響き、男達が覗いている窓のガラスが砕け散った。室内の照明も消えてしまい、真っ暗である。ヨハンはいつの間にか手に猟銃を構え、外にいる男達を狙っていた。耳をつんざくような敵の一斉射撃が響き、部屋の壁から破片が飛び、壁は穴だらけになった。ヨハンも野上も応戦した。敵は再び激しく銃を撃ってきた。

「ロシアの公安か？」

「ロガノフはロシアのスパイだったんだな」

皆、何が何だかわからないのだが、ヨハンは冷静で表情の変化もなかった。圧倒的な火器の量で襲撃側が有利なため、敵に突撃され、建物に突入されたら、皆、命はないだろう。敵は銃弾も豊富で、情け容赦なく撃ちまくってくる。ヨハンの猟銃と野上の拳銃ではとうてい太刀打ちできない。

「静かにしろよ。村の人が起きちゃうじゃないか。人の迷惑も考えろよ」

野上がぼやいた。

「奴らは、俺達を抹殺する気なのか？」

敵の突撃は時間の問題だ。ロシア政府は、ロシアの軍事作戦を暴露する者を許せず、消し去る必要があった。「ヨハネの黙示録」は終末のロシアの行動を明らかにする、ロシアにとって危険な書物なので、教派の信者のヨハンもエレナも田倉も皆抹殺しようとしているのだ。

銃声がしばし鳴りやんだ。敵は突撃の準備をしているのだろうか。公安の男達が一斉に立ち上がった時、新たな銃撃が起こった。そして公安の男達がバタバタと倒れ、慌てて物陰に隠れた。

「味方か？」

田倉がつぶやいたが、そんな当てなどないはずだ。しかし見ていると、ロシアの公安が新たな勢力に銃撃され、後退していくのだ。

この機を逃さず、田倉達は小屋を退去することにした。ヨハンが案内し、隠されていたジープに乗り込みその場を脱出した。

「後退していったロシアの公安を銃撃したのは誰だ？」

「わからない。ロシアに敵対するアメリカのＣＩＡか、イギリスか、イスラエルか。それほどこの楽譜に価値があり、危険な要素があるということだ。彼らは我々の敵の敵だから、味方だろうが、我々を助けてくれるとは限らない」

野上がジープを運転し、ヨハンが道を指図した。ジープは山道を走っていった。途中、山の中でヨハンが止まるように言った。走っている時も、ヨハンは携帯電話で誰かと連絡を取り合っていた。しばらく停車していたが、再び車を走らせた。田倉達は、武装した襲撃者に追いつかれ襲われたら大変だと思い、気が気でなかった。ヨハンは、もちろん地理を十分に理解していて、道を頻繁に変えながら車を走らせるよう指示した。時に、車が逆戻りして元来た方向に向かっているような錯覚に陥るほどだった。山道を走るので曲がりくねり、上下動があるのも仕方がない。

森の中で、ヨハンはもう一度車を停止するよう指示した。車の外に出て休憩したが、もう夜明けが近かった。黒い森のかげの彼方が明るく銀色になり始めた。ヨハンとエレナは、この場所で何かを待っているようだった。

「あの村で襲ってきた奴らは何者だったのだ？」

と、野上。

「…………」

誰も答えられなかったが、田倉には、聖書の預言から彼らの正体がわかるような気がしたので口を開いた。

「ロシアの公安部かロシア政府の者だ。ロシアはずっと、中東への南下政策を考えてきた。だから、いつロシアの軍隊が大挙して南へ下っていくか、誰にも特定されてはならない。エレナの言葉やエレナの教派の言葉がロシアの軍事行動の時期を明らかにする恐れがあるので、教派の信者も『ヨハネの黙示録』を調べている私達も抹殺しようとした。その手先となったのがロガノフで、私達を利用して、エレナやヨハン達を探り当てたのだ」

「まぁ！　私達は純粋に、バッハが作曲した音楽を調べようとしているだけじゃないですか。そんな私達を抹殺するなんて、何てひどい人達なの」

小川の言葉に続いて野上も言った。

「奴らのやることは徹底していて残忍だ。邪魔する者は排除するし、少しでも秘密が漏れる恐れがあるなら、その芽を摘んで消滅させてしまうのだ」

「でも、私達の何が、ロシアを恐れさせるの？　あまりにも横暴じゃない」

小川には起こっていることの意味がわからなかった。田倉が説明しようとした。

「第三次世界大戦が起こることが『ヨハネの黙示録』には書かれている。そしてそれは、ロシアがイスラエルを攻めることによって始まると、やはり旧約聖書のエゼキエル書に書かれているのだ」

「まぁ！　エゼキエル書に！　……」

今度は野上が田倉に聞いた。

「うーん、それは……田倉さん、それはどういうことだい？」

田倉は、カバンから一冊の黒い表紙の小さな本を取り出して開いた。

「ロシアがイスラエルを攻めることは、聖書のこの箇所に書かれています」

田倉は聖書のエゼキエル書を読み始めた。

次のような**主**のことばが私にあった。
「人の子よ。メシェクとトバルの大首長である、マゴグの地のゴグに顔を向け、彼に預言せよ。

『神である主はこう言われる。メシェクとトバルの大首長であるゴグよ。今、わたしはおまえを敵とする。わたしはおまえを引き回し、おまえのあごに鉤をかけ、おまえと、おまえの全軍勢を出陣させる。それはみな完全に武装した馬や騎兵、大盾と盾を持ち、みな剣を取る大集団だ。

ペルシアとクシュとプテも彼らとともにいて、みな盾を持ち、かぶとを着けている。ゴメルとそのすべての軍隊、北の果てのベテ・トガルマとそのすべての軍隊、それに多く　の国々の民がおまえとともにいる。

備えをせよ。おまえも、おまえのもとに召集された全集団も構えよ。おまえは彼らを統率せよ。

多くの日が過ぎて、おまえは徴集され、多くの年月の後、おまえは、一つの国に侵入する。そこは剣から立ち直り、多くの国々の民の中から、久しく廃墟であったイスラエルの山々に集められた者たちの国である。その民は国々の民の中から導き出され、みな安らかに住んでいる。

おまえは嵐のように攻め上り、おまえと、おまえの全部隊、それに、おまえにつく多くの国々の民は、地をおおう雲のようになる。』――」


（エゼキエル三十八章一～九節）

「メシェクとトバルの大首長が中東のイスラエルに攻め寄せてくると、聖書は預言しています。メシェクはモスクワの語源の民族名と考えられ、トバルもイスラエルの先祖に当たるヤペテの子と言われ、黒海沿いに住む民族です。大首長はロシという語で、ロシアの語源に当たると言われています。

北方からロシアがイスラエルを攻めてくる、と聖書のエゼキエル書は書いています。イスラエルを攻めるのはロシア単独ではない。ペルシアも攻めてくる。この名は今でも通用する呼び名でイランのことです。プテは、北アフリカのリビアの古名で、クシュは聖書に出てくるがエチオピアを指しています。どの地域も今、紛争の絶えない地域であり、イランは今、核開発を進めアメリカと対立しています。聖書は、ロシアが中東とアフリカの諸国を巻き込んで、イスラエルを攻めると言っているのです」

小川はふだん聖書を読んでいるだけに、エゼキエル書のこの箇所を聞くと、その光景が目に浮かぶようである。田倉の説明が続く。

「ゴメルはヤペテの子孫であり、アシュケナズ、リファテ、トガルマの父であると聖書にあります。アシュケナズは北ヨーロッパに展開した民族であり、トガルマは南ロシアに住んでいる民族です。北方からロシアと共に南下していく軍勢は黒海とカスピ海に挟まれたコーカサス地方を通ることでしょう。

コーカサス地方は、カスピ海と黒海に挟まれた回廊で、古くから文明の十字路と呼ばれてきました。そして、ロシアの大軍が通るのは、この回廊しかないのです。

エレナは幻で、コーカサス地方を通るロシアからの軍隊を見ていたのです。その中にはコサックの軍隊も含まれていたかもしれません。コサックは騎馬の軍隊でしょう。聖書にも騎馬の軍隊が書かれています。

エゼキエル書の続きを読みます」


神である主はこう言う。

その日には、おまえの心に様々なことが思い浮かぶ。おまえは悪巧みをめぐらして、こう言うだろう。「私は無防備な国に攻め上ろう。安心して暮らす平穏な者たちのところに侵入しよう。彼らはみな城壁もなく住んでいる。かんぬきも門もない」と。

それは、おまえが略奪し、獲物をかすめ奪うため、また今は人の住むようになった廃墟と、国々から集められて地の中心に住み、家畜と財産を所有した民とに向かって手を伸ばすためだ。

シェバやデダンやタルシシュの商人たち、およびそのすべての若い獅子たちは、おまえに言うだろう。「おまえは分捕るために来たのか。獲物をかすめ奪うために隊を構えたのか。銀や金を運び去り、家畜や財産を取り、大いに略奪しようとするつもりか」と。

それゆえ、人の子よ、預言してゴグに言え。

「神である主はこう言われる。わたしの民イスラエルが安心して住んでいるとき、まさに、その日、おまえは知ることになる。おまえは北の果てのおまえの国から、多くの国々の民とともに来る。彼らはみな馬に乗る者で、大集団、大軍勢だ。おまえはわたしの民イスラエルを攻めに上り、地をおおう雲のようになる。終わりの日に、そのことは起こる。

ゴグよ、わたしはおまえに、わたしの地を攻めさせる。それは、わたしがおまえを使って、国々の目の前にわたしが聖であることを示し、彼らがわたしを知るためだ。

神である主はこう言う。おまえは、わたしが昔、わたしのしもべであるイスラエルの預言者たちを通して語った、まさにその者ではないか。この預言者たちは長年にわたり、わたしがおまえに彼らを攻めさせると預言していたのだ。」

（エゼキエル書三十八章十〜十七節）

「これがヨハネの黙示録に書かれたハルマゲドンの戦いです。世界最終の戦争です。最後に国と国の間を核兵器が飛び交うのです。

エゼキエル書のこの箇所に、ロシアの名前が出てきます。ロシアがイスラエルを攻めるなら、イスラエルはアメリカと陣営を組むでしょう。イスラエルを巡る戦争はあっという間に全世界に広がり、核ミサイルが飛び交います。ロシアと中国の陣営対アメリカとＥＵの陣営に世界は分かれるのです。

この預言はイスラエルの死活を握るので、イスラエルの情報部だって、ロシアの動きを黙ってはいないでしょう。アメリカのＣＩＡも同じです。私達は世界の謀略戦争の真っただ中に飛び込んでしまったのです。こうして、この教派の信者の解釈は、世界の情報網に注目されました。そして、私達が情報部を導き、あの村に引き入れることになったのです。これが、あの村での銃撃事件の真相ではないでしょうか」

野上も小川も黙ってしまった。ヨハンとエレナが日本人達のほうを見ていた。

夜が明けてきた。森の中はうっすらと暗い。結局、一行はその日一日、そこで過ごした。ヨハンは何かを待っているようだ。

田倉達が国外に逃れようとしても、ロシアの公安部が、それを見張っているだろう。鉄道や自動車を使っての移動も難しいだろう。容易に待ち伏せを食ってしまう。

ヨハンは何か考えがあるようだ。田倉はその日一日緊張していた身体を横たえて、休息を取った。

再び夕闇が迫る頃になって、森の木立のかげから騎馬の集団が現れた。五、六人はいただろう。皆武装して、背中には小銃を背負っていた。

ヨハンは田倉達三人に、馬に乗るように言った。三人共慣れないことなのだが、助けられて馬に乗った。小川もゆっくりと馬にまたがった。

ヨハンは、アルメニア国内は危険なので国境を越えて隣国のジョージアに行くと短く告げた。

コーカサスを行くには山道が多い。険しい山を馬が登っていき、何日も野営をし焚き火で暖を取った。三人は馬に慣れないので、振り落とされないようにだけ注意した。コーカサス地方は旧ソビエト領で、今も紛争が絶えない。山中ではいつ、どんな集団に襲われるかもしれない。ヨハンもエレナも馬には慣れていて、颯爽と乗っていた。騎馬の人々はコサックなのかもしれない。三人を守りながら導いてくれた。

馬上で小川は未だに混乱した状態だった。小川は記者になってから、このように危険な事態に至ることは予想し覚悟していた。ただ銃撃戦に巻き込まれ、いざ自身の命が狙われる事態になると、今までの冷静な頭脳も嵐の中で混乱し、身を守りたいという思いだけに囚われていた。そして、あの時の野上の放った銃声である。平和な日本で育った小川は銃を持つことなど想像もしていなかった。ところが、同僚の野上が銃を取り出し、ロガノフを撃ったのである。尊敬し何かと頼りになる野上の手に銃が握られ、その銃口から淡く青い煙が立ち上っていた。

小川には野上が、野蛮で血なまぐさい世界に移ったように思われた。野上が突如暴力性を発揮する、得体の知れない存在に見えてきたのである。

（野上さんはいつ、銃を手に入れたのだろうか？　なぜ銃を所持していたのだろうか？　野上さんは銃で人の命を奪うことを何とも思わないのだろうか？　いや、人の命を奪うことを何とも思わない者など誰一人いない――）

小川は、銃を撃つ者を生理的に受け入れることができなかった。

同じ時、田倉も、野上の行動について考え込んでいた。考えれば考えるほど、自分達が銃を持ち発射してよいのかと反省していた。太平洋戦争後八十年近く経ち、日本に住む人々は銃を持つ機会などなかった。銃撃を目の当たりにすることなどなかった。

田倉も年を取るにつれ、銃を撃たないという幸せを感じるようになってきた。ところが同じ日本人である野上が、ロガノフに対して発砲したのである。そのことでエレナの命も守れたし、窮地を脱出することができた。しかし、人の命を奪うという行為を、人はしてよいのだろうか。

野上を見ていると、平然と銃を取り出し、平然とロガノフを撃って傷つけたように見えた。田倉にとって経験したくないことだった。

思い返すに、田倉はこの取材の旅行自体を早く切り上げるべきだったと悔やむのだった。しかし、後悔しても今や遅い。

野営している時は、今の状況について田倉から何度も説明を聞いた。田倉が語るのは、聖書の預言からの知識である。焚き火を囲みながら田倉が語った。

「ロシアは、今回、アメリカとロシアの力のバランスの崩れをついて、ウクライナを攻撃しました。ウクライナでは大惨事が起こっています。ロシアは世界の国から制裁を受けていますが、中国の経済的な支えがあると思うのです。将来は民主主義陣営対専制主義的な陣営と世界が二つに分かれて戦う危険があります。

ここで、もう一つの力のバランスの崩れが、中東ではないかと思います。ロシアは中東のシリアでしっかりとした地歩を築いています。中東にはエネルギーが豊富でまだ豊かな富があるので、エレナの言葉にあるように、ロシアが大軍勢を連れて、南下する恐れがあるのです。中東ではイスラエルがアメリカを後ろ盾にし、イランや他の国と対立しています。ここが新たな発火点なのです。

ハルマゲドンとは、イスラエルのメギドの近くの場所です。そこで戦闘が行われ、世界に戦争が広がり、核戦争となるのです。そうすればこの世界は火で燃え上がり、終末を迎えるのです」

　野上も言った。

「聖書は終末についてそんなことを書いているのですか」

　小川も続ける。

「恐ろしいことだわ。それはもう決まっていて、差し迫ったことと考えてよいのですか？」

　田倉は答えた。

「世の終わりとは、人の悪い行い、罪の裁きのことです。神は人を滅ぼすためにこれらのことを行われるのではなく、人を救うためにこれらの計画を行っておられるのです。もし人が自分の行いを改め、神を求めるなら、この世の裁きは延ばされるのです。けれども、人の罪があり、罪の行いが続く限り、世の終わりはやって来ます」

　月が明るく照らす山陵を、馬に乗った一団が進む。道の横には樅《もみ》の木の林が枝先を中空に尖らせて広がっている。樅の木の先の尖った影が長く山稜に延び、山稜の道の向こうに大きな月が顔を覗かせていた。狼の遠吠えが響いてきた。寒気がひどく、一つ誤れば命を失う、厳しい世界を一団は進んでいった。

勇壮な出で立ちの騎馬の男達が歌いだした。

神はわがやぐら　わが強き盾、
苦しめるときの　近き助けぞ。
おのが力　おのが知恵を　頼みとせる
よみの長も　など恐るべき。

いかに強くとも　いかでか頼まん、
やがてはくつべき　人の力を。
我と共に　戦いたもう　イエス君こそ
万軍の主なる　あまつ大神。

（讃美歌第二六七番「神はわがやぐら、わがつよき盾」）

山並みに男達の低い歌声が響き渡った。そこにだけ、騎馬の男達が与える安息があった。そして再び、山の上に静寂が戻ってきて、騎馬の人々は山陵の静かな道を進んでいった。馬のひずめの音といななきが規則的に響いた。

その時、一発の銃声が轟き、銃弾が馬上の野上を撃ち抜き、野上は崩れ落ちた。騎馬の集団は急いで樅の林の木立に身を隠した。

　登山道から重々しいエンジン音と共に二台の黒い四輪駆動車が現れ、林に向かって銃を撃ち始めた。

　撃たれた野上は、地に伏していた。

　一人の騎馬の男が林から抜け出てきて、馬上から地上に倒れていた野上をすくい上げて馬に乗せ、林の中に戻り隠れた。

　騎馬のエレナと小川が、一台の四輪駆動車に追い駆けられていた。非武装のエレナと小川はぐんぐんと四輪駆動車に追い詰められている。

　騎馬の一人の男がエレナ達を指差し、たずなを返した。

「やー」

　というかけ声と共に、五人の騎馬の男達がエレナと小川を救出に向かった。男達は馬を駆って猛スピードで車に向かい、小銃を構え、後ろから四輪駆動車を射撃した。小銃の激しい発射音が轟いた。四輪駆動車の運転手が撃たれ、車は制御を失い木立に衝突し止まった。五人の騎馬の男達は方向を変え、再び、

「やー」

　というかけ声と共に、今度はもう一台の四輪駆動車に向かって突撃した。四輪駆動車の男達も機銃で応戦したが、馬上からの小銃の立射の速さについていけず、一人、

二人と撃たれ、崩れ落ちていった。男達の乗った馬は車の周りをぐるぐると遠巻きにして回り、銃撃を加えた。敵は車の中に閉じ込められ、ついに耐えかねて、撃たれて倒れた男達を残し、登山道から下山していった。


野上は腕を撃たれていた。応急に白い布で傷を縛り、その場を離れた。

一行は長い距離をひた走りに走り、やっと停止した。ヨハンが田倉に、野上の傷が重いので、いったん野上をここに置いて先を急ぐかと聞いてきた。

小川が強い拒絶を示し首を振った。野上はうなだれていた。田倉も野上を連れていくと言い、野上は男に介助されて馬に乗せられた。

騎馬の集団は、山の林の木立の中を進み国境に向かっていった。

ヨハンが国境だと告げた。馬に乗っているおかげで、国境のゲートを通らずに、険しい坂を登って、国境を越え隣国のジョージアに入った。

国境を越えても険しい山道が続いた。山の中を人目につかないように移動していった。一行は、何日も野営をして過ごした。男達がどこからか食物を調達してきて、食事を用意してくれた。

ジョージアの首都トビリシの空港の近くまで来て、ヨハンは止まった。森の木陰に一台の乗用車が止まっていた。ヨハンとはここでお別れらしい。

「この車に乗って空港に行くとよい。それで国外に脱出できるはずだ」

「あなた達はどうするの？」

小川が聞いた。

「この国にも、他の国にも、私達の仲間はいる。その場所に逃れて暮らすことにする」

「私達が来たばかりに、村を追い出されて申し訳ないわ。ごめんなさい」

小川も男達も頭を下げた。エレナ達も礼を返した。

「いや、私達はこんな旅には慣れているのだ。荷物一つ持たないし、行く先々で自由に聖書を読んで生きていくだけだ」

「気をつけてくださいね」

「あなたたちも気をつけて。国外に出るまで気を許さないでね」

エレナが言った。小川がエレナと抱き合い別れを惜しんだ。

小川達は車に乗り込み、トビリシの空港に向かった。ヨハンとエレナ、男達は、三人が乗った車を見送った。小さくなるまでいつまでも、いつまでも見送ってくれていた。

三人は、飛行機に無事に乗り込み、ジョージアからポーランドに向かうことになった。ポーランドには国際原子力機関（ＩＡＥＡ）の太田がいる。日本に帰ることもできたが、ウクライナの戦争が気になったのだ。

トビリシの空港では落ち着かなかった。搭乗までの時間が長かった。やっと飛行機に乗り込み座席に座った時は、ほっとしたものだった。柔らかい座席に身体を沈めると、馬上の旅の疲れが出て三人とも眠りに落ちてしまった。


ポーランドの空港に着いた。ゲートを出た三人は肩を抱き合ってしばらく感慨に耽っていた。野上は片腕を三角巾で吊っていた。誰の目にも涙が浮かんでいた。音楽の探求という何でもない旅から、国際政治の渦の中に巻き込まれ、命の危険にさらされる恐ろしい目に遭った。全て、ロガノフの仕掛けのせいである。

ＩＡＥＡの太田が、三人を迎えに空港にやって来た。

ポーランドの隣国のウクライナの戦争は、激しさを増していた。第二次世界大戦で自分達が危険な目に遭ったロシアが、ウクライナでは一方的に侵攻してきて、そのため激しい戦闘が続き、多くの人命が失われていた。

ウクライナから国外に逃れた難民は二百万人を超えていて、ポーランドがその多くを受け入れた。国境近くには支援の施設が作られ、ウクライナ人の親子を中心に受け入れていた。

6

太田はポーランドの町で、ウクライナの戦争を見守っていた。

ウクライナの二つの原子力発電所をロシアが管理下に置いた。他の原子力発電所もロシアは狙っているようだ。ウクライナ最大のザポリージャ原子力発電所はウクライナの電力の多くを供給しているので、ロシアが電力を停止して広範囲に住民を苦しめることも考えられる。さらに、原子力発電所が破壊され放射能汚染が起こるなら、大惨事である。太田が注意して事態を見守っていた、ロシアとウクライナの戦局が膠着し、ロシアの攻勢が持続しないので、ロシアの核戦力投下の恐れも変わらずにあった。いったん、核兵器が使われるようなら、第二次世界大戦後の歴史は、大転機を迎えることになる。

中東に目を向けると、イランとアメリカの核合意の交渉は進んでいなかった。イランは核開発を進めていった。このままでは、北朝鮮が秘密裏に核兵器開発を進め、ついに核兵器を所有するようになった事態の二の舞である。

そのような事態に、中東の唯一の核保有国イスラエルも黙ってはいないし、他のアラブ諸国、特にサウジアラビアも核保有するようになるかもしれない。サウジアラビアは核兵器を持つパキスタンから核兵器の支援を受けるだろう。

その頃、北朝鮮から核技術者がイランに流れてきて、イランの核開発を助けているという噂も流れてきた。

イスラエルは、隣国レバノンの敵対勢力をしきりに叩き、空襲を重ねていた。レバノン国境近くのロケット砲部隊を繰り返し空爆し、根絶しようとしていた。

イランが核兵器を持てば、この場所からイスラエルへ小型の核兵器が発射される恐れがあるからだった。そうなれば防ぐのは難しくなる。大惨事は避けられない。

太田はポーランドから、記者の小川に手紙を書いた。


「突然、手紙を差し上げる失礼をお許しください。

私は今ポーランドに留まっています。状況はいよいよ悪くなり、聖書の言う世の終わりの事態がますます進んでいるのです。

聖書にいくつかの世の終わりの預言がありますが、ヨハネの黙示録には今起こっていることが全て表された箇所があります。

この書の六章一節から二節について次のように書いています。

また私は、子羊が七つの封印の一つを解くのを見た。そして、四つの生き物の一つが、雷のような声で「来なさい」と言うのを聞いた。

私は見た。すると見よ、白い馬がいた。それに乗っている者は弓を持っていた。彼は冠を与えられ、勝利の上にさらに勝利を得るために出て行った。

（ヨハネの黙示録六章一、二節）


ヨハネの黙示録の預言は、神によって人には隠されていました。子羊はイエス・キリストを表し、キリストがその終わりの預言の封印を解いて、世の終わりに起ることが開示されるのです。

白い馬に乗る者は、戦争における勝利者です。その者は白い衣を着、見る目にも勇ましく人の心を引きつけます。世の終わりの戦争の開始を表しているようです。

六章の三節と四節には、

子羊が第二の封印を解いたとき、私は、第二の生き物が「来なさい」と言うのを聞いた。

すると別の、火のように赤い馬が出て来た。それに乗っている者は、地から平和を奪い取ることが許された。人々が互いに殺し合うようになるためである。また、彼に大きな剣が与えられた。
（ヨハネの黙示録　六章三、四節）

赤い馬の登場は、世界に起こる戦争を表しています。赤は火であり、人の流す血を表します。赤い馬に乗る者は、地上から平和を奪い去り、人には心の平安がなくなります。

二十世紀末、アメリカと旧ソ連の冷戦が終わり、平和が来ると世界中が思いました。けれども、世界には次から次へと戦争が続きました。地から平和が奪い去られ、人は戦争の中に放り込まれ、平安が失われたのです。ユーゴスラビアの内戦がそうであり、イラク、アフガニスタンがそうです。そして、ウクライナでは人々が戦乱から逃れる方法がないのです。人の心の中に邪悪な思いがあり、戦争を引き起こしているのです。大きな剣とは、大規模な兵器を表わし、その使用と共に人々に大きな被害を与えるのです。

ウクライナの戦争は、多くの被害を出し、多くの残酷な行為、悲惨な行為が起こっています。今のウクライナにおける戦争ほど、人類の未来に危険なものはありません。世界が二つの陣営に分かれて戦うことになるからです。

これが赤い馬がもたらしたものです。この戦争に伴い起こることが五節と六節に書かれています。

子羊が第三の封印を解いたとき、私は、第三の生き物が「来なさい」と言うのを聞いた。私は見た。すると見よ、黒い馬がいた。これに乗っている者は秤を手に持っていた。

私は、一つの声のようなものが、四つの生き物の真ん中でこう言うのを聞いた。

「小麦一コイニクスが一デナリ。大麦三コイニクスが一デナリ。オリーブ油とぶどう酒に害を与えてはいけない。」

（ヨハネの黙示録六章五、六節）

第三の封印が解かれると黒い馬が出てきました。そして乗っている者が持つ秤は、穀物を量ることを意味します。

一コイニクスとは当時の容積の単位で今の約一リットルに当たり、一デナリは当時の金銭の単位で、労働者一日分の賃金に当たります。小麦一リットルが一日分の賃金というのですから、小麦の価格が高騰し、物価が高騰しています。小麦より安い大麦でさえ、三リットルが一日分の賃金になるのですから、庶民の生活は成り立たなくなります。このことは、飢饉を表しています。一方で、オリーブ油やぶどう酒などの高価な品は、価格が上がらず、行き渡るので、金持ちはますます豊かになります。

今、世界では、飢饉が始まりつつあります。中東は、日照りが続き、飢饉に見舞われようとしています。アフリカも深刻な飢饉に陥る地域があります。これに加え、ウクライナとロシアの戦争では、穀倉地帯であるウクライナから小麦を輸出できず、世界に食糧不足を起こす恐れがあります。戦争はこれから飢饉を引き起こします。

エジプトという国は食料の輸入が止まるとすぐに、政情不安に陥ると言われています。アラブの春もそこに原因がありました。それは内戦で荒廃したシリアも同じで、背景に食糧不足に陥った人々の不安と怒りが、政情不安をもたらしました。中東は今や、食糧不足に苦しんでいます。この預言の通りです。

ヨハネの黙示録六章七節、八節にはこうあります。

子羊が第四の封印を解いたとき、私は、第四の生き物の声が「来なさい」と言うのを聞いた。私は見た。すると見よ、青ざめた馬がいた。これに乗っている者の名は「死」で、よみがそれに従っていた。彼らに、地上の四分の一を支配して、剣と飢饉と死病と地の獣によって殺す権威が与えられた。

(ヨハネの黙示録六章七、八節)

子羊が第四の封印を解いた時、青ざめた馬が登場し、それに乗っている者の名は

『死』とあります。『青ざめた』色とは、死者の色、死の色です。いきいきとした活力を漲らせる、血がもう通っていません。そんな不気味なものが登場してきて、乗っている者の名は『死』と言うのです。実に、戦争によって多くの人が死にました。そして、死のあとには死者の行く『よみ』がついてきています。

この『死』という名の者は、地上の四分の一を支配し、惨劇が起こります。戦争によって人が死に、飢饉によって人が死ぬのです。

今まさに、世界中で飢饉の発生が恐れられています。コロナの感染症で、経済が疲弊し、飢饉の恐れが言われていましたが、突如起こったウクライナとロシアの戦争で、食糧システムが狂い、食糧不足が世界を襲うのです。

さらに『死病』が続きます。コロナの感染症が猛威を振るい続けています。この感染症は、未知のウイルスによって次々と引き起こされていくと言われています。まさに、今起こり、これからも起こる可能性が大きいのです。

『地の獣』についても、世界にその予兆が現れています。

今は『青ざめた馬』の時代に入っているのではないでしょうか。戦争、飢饉、感染症が次々と起こり、人類を不幸と悲惨に陥らせています。

人類は自分の身勝手な行いによって、大患難の中にいるのです。

今、ロシアとウクライナの戦争を間近で見ていて、聖書の預言が成就する時代だと思います。このような時代、イエス・キリストへの信仰を持ち続けたいと思っています。今起こっている事柄を考えるにつけ、このような手紙を書かざるを得ませんでした。

皆様の健康とご多幸をお祈りします。敬具」

太田はやむにやまれず、小川に手紙を書いたのだ。書き終わると、一つの考えが頭に浮かんだ。

それは、ロシアとウクライナの戦争が始まって以来、世界に今起こっていることがこの「ヨハネの黙示録」の預言に当てはまり、世界の情勢が神によって解き明かされているということである。

戦争や、飢饉、原発をめぐる争い、感染症と、神は今起こっている現象から世界の終末に起こる事柄を人類に解き明かしておられる。三位一体の神という言葉からすれば、解き明かして語られるのは、神であるイエス・キリストである。

この黙示とも啓示とも言われることが、今の世界に現れている。太田を初め、人はイエス・キリストの啓示の時代を生きているのである。

真理が解き明かされるという意味では素晴らしい出来事であるが、世の裁きという意味では今起こっていることは、人類にとって最大級の苦しみである。太田はだからこそ、イエス・キリストによる福音と救いが必要であると思っている。太田は国際原子力機関（ＩＡＥＡ）の仕事の難しさと重要性を、心に覚えるのだった。

小川もイスラエルに興味を持ち、中東の核開発のニュースに心を向けていた。小川はニュースを見続けていたせいか、その夜奇妙な夢を見た。

高く険しい山道を、ロシアの屈強な戦車群が進んでいく。軍用トラックや装甲車が続き、その隊列は延々と続いている。

山道を騎馬の兵隊が駆け抜けていく。

また、場面が変わって、丘の上の町が明るく燃え上がっている。街の中央に火の玉がわき起こり、黒い煙を上げて街が燃え上がっていた――

目を覚ました小川は、全身汗だらけになっていた。耳にはエレナの笛の音が響きながら残っていた。

私もエレナのように、世の終わりの夢を見たのだろうか。

「こんな音は嫌だ。もっと違う音を聞きたい」

ふと机の上を見ると、昨夜歌っていた聖歌の本が開かれていた。何を歌っていたのだろうと見ると、「キリストがもう一度来られる」という再臨の歌だった。

救いのわざ　なししイエスは
頼る民の　祈りを聞き
ふたたび　この世にきたまわん
まもなく

さかろうてき　主は亡ぼし
人はすべて　み民とならん
喜びあげよや　歌声
なが主に

（聖歌六二七番「喜びもて」）

この歌詞に小川は、一筋の希望を見た。
窓を開けると、さわやかな春の風が吹き込んできて、部屋の中の淀んだ空気を吹き払った。机上の聖歌のページが、風にそよいでハタハタと音を立てていた。

〈終わり〉

※引用の聖書は、聖書新改訳二〇一七
（新日本聖書刊行会）

著者プロフィール

上羽 清文（うえば きよふみ）

大阪府の小学校教諭として勤務。2019年に退職。
現在は保護司として活動。
他に香川県の小豆島のキリスト教会に月２回通い、
礼拝の奉仕をしている。
若い時、夏目漱石、ドストエフスキー、
フランスの自然主義の小説を愛読し、感銘を受けた。
世界情勢にも興味を持っている。

【著書】
『日の下で』（2021年／文芸社）
『Q島便り』（2022年／文芸社）

虚空の戦列 ―黙示録を追って―

2023年11月15日　初版第１刷発行

著　者　上羽 清文
発行者　瓜谷 綱延
発行所　株式会社文芸社
〒160-0022　東京都新宿区新宿1－10－1
電話　03-5369-3060（代表）
03-5369-2299（販売）

印刷所　図書印刷株式会社

ISBN978-4-286-24574-4